EZ Korea 36

旅人的韓語使用說明書
Korean Phrasebook For Travelers

作　　　者：Talk To Me In Korean
譯　　　者：陳靖婷
編　　　輯：郭怡廷
內 頁 製 作：簡單瑛設
封 面 設 計：卷里工作室
韓 文 錄 音：李炫周
錄 音 後 製：純粹錄音後製有限公司
行 銷 企 劃：陳品萱

發 行 人：洪祺祥
副 總 經 理：洪偉傑
副 總 編 輯：曹仲堯
法 律 顧 問：建大法律事務所
財 務 顧 問：高威會計師事務所

出　　　版：日月文化出版股份有限公司
製　　　作：EZ叢書館
地　　　址：臺北市信義路三段151號8樓
電　　　話：(02) 2708-5509
傳　　　真：(02) 2708-6157
客 服 信 箱：service@heliopolis.com.tw
網　　　址：www.heliopolis.com.tw
郵 撥 帳 號：19716071日月文化出版股份有限公司

總 經 銷：聯合發行股份有限公司
電　　　話：(02) 2917-8022
傳　　　真：(02) 2915-7212

印　　　刷：中原造像股份有限公司
初　　　版：2021年12月
定　　　價：320元
I S B N：978-986-0795-69-1

旅人的韓語使用說明書 = Korean phrasebook
for travelers/Talk To Me In Korean 作；陳靖
婷譯 . – 初版 . – 臺北市：日月文化出版股份有
限公司 , 2021.12
　　面； 　公分 . -- (EZ Korea；36)
ISBN　978-986-0795-69-1（平裝）

1. 韓語　2. 會話　3. 旅遊

803.288　　　　　　　　　　110016555

출국 심사

밀가루

김밥

회전목마

닭갈비

상설 매장

旅人的 韓語

使用説明書

Talk To Me In Korean———著

陳靖婷———譯

곤돌라

돈

여권

소주

창덕궁

육회비빔밥

本書介紹

　　前往異國旅行時，無論是商務出訪還是度假旅遊，都不必流利使用該國語言，也不用擁有完美的發音。不過，如果能帶著會話書，學習一些簡單的當地語言，並了解如何正確發音，一定能有所收穫，也會讓人留下深刻的印象。擁有溝通能力，會讓旅途更舒適、輕鬆。

　　這本書專為欲前往韓國旅行者設計，如果你需要或想要說韓語，只要擁有這本書，不必上昂貴的語言課程，或下載無數的教學檔案。《旅人的韓語使用說明書》依位置和情況分類，涵蓋旅行者可能遇到的所有情況。每個單字和句子都以韓文搭配羅馬拼音（輔助韓文發音）呈現，並提供中文翻譯。本書中的羅馬拼音將官方羅馬拼音稍作修改，更容易拼讀，同時附上插圖，幫助解決溝通困難的狀況。

　　本書內容豐富實用、簡潔，且易於攜帶，下次前往韓國時，不妨隨身攜帶。

會話句線上音檔

使用說明：
①掃描QRcode→②回答問題
→③完成訂閱→④聆聽書音檔

相關會話：

收錄在該狀況可能需要聽
或說的簡單會話。

相關會話：

哪裡可以租車？
렌트카 어디서 빌려요?
Rehn-teu-kah aw-dee-saw beel-lyuh-yo?

可替換字：

標示底線處表示可以根據
狀況替換成其他的字。

這附近有便利商店嗎？
이 주변에 편의점 있어요?
Ee joo-byuh-neh **pyuh-nee-jawm** ee-ssaw-yo?

可替換內容：

大型超市
대형 마트
deh-hyuhng mah-teu

超市
큰 슈퍼(마켓)
keun shyou-paw(-mah-keht)

雜貨店
슈퍼(마켓)
shyou-paw(-mah-keht)

溪谷
계곡
gyeh-gok

海洋
바다
bah-dah

可替換內容：

「可替換字」無窮無盡，
這裡提供特定情況下的常
用字。若不好理解，也可
以讓對方看插圖。

這是去<u>江南站</u>的車嗎？
이거 <u>강남역</u> 가는 열차 맞아요?

不是，這是相反的方向。
아니요. 반대 방향이에요.

Ee-gaw **gahng-nahm-nyuhk** gah-neun yuhl-chah mah-jah-yo?

Ah-nee-yo. Bahn-deh bahng-hyahng-ee-eh-yo.

簡單會話：

收錄簡單會話和情境插圖。

羅馬拼音：

本書收錄的羅馬拼音經過改編，不同於官方的羅馬拼音，更易於拼讀。

相關內容：

化妝水
스킨/토너
seu-keen/to-naw

精華液
에센스
eh-ssehn-seu

保濕乳液
수분크림
soo-boon-keu-reem

精華液
세럼
sseh-rawm

防曬乳液
선크림
ssawn-keu-reem

眼霜
아이크림
ah-ee-keu-reem

粉底液
파운데이션
pah-woon-day-ee-shyuhn

妝前乳
메이크업 베이스
may-ee-keu-awp bay-ee-seu

妝前乳
프라이머
peu-rah-ee-maw

目次

第Ⅰ章

基本會話

1. 打招呼 🎧 01

您好。

안녕하세요.
Ahn-nyuhng-hah-seh-yo.

再見。

안녕히 계세요.（當你要離開時，對留在原地的人說）
Ahn-nyuhng-hee gyeh-seh-yo.

안녕히 가세요.（當對方要離開，而你留在原地，或當你們兩個要一起離開時）
Ahn-nyuhng-hee gah-seh-yo.

謝謝。

감사합니다.
Gahm-sah-hahm-nee-dah.

對不起。

죄송합니다.
Jweh-song-hahm-nee-dah.

2. 跟陌生人說話  🎧 02

是。

네.
Neh.

不是。

아니요.
Ah-nee-yo.

不好意思。

저기요. （要引起別人注意時）
Jaw-gee-yo.

잠시만요. （借過、穿越人群時）
Jahm-shee-mahn-nyo.

我在哪裡？（地圖上）
這是哪裡？（指著地圖）

여기가 어디예요?
Yuh-gee-gah aw-dee-yeh-yo?

……在哪裡？

…어디에 있어요?
…aw-dee-ay ee-ssaw-yo?

我要怎麼去……？

…어떻게 가요?
… aw-ddaw-keh gah-yo?

3. 購物 🎧 03

有……嗎？

...있어요?
...ee-ssaw-yo?

這是什麼？

이게 뭐예요?
Ee-geh mwo-yeh-yo?

這個多少錢？

이거 얼마예요?
Ee-gaw awl-mah-yeh-yo?

請給我一個這個。

이거 하나 주세요.
Ee-gaw hah-nah joo-seh-yo.

免費的嗎？

무료예요?
Moo-ryo-yeh-yo?
공짜예요?
Gong-jja-yeh-yo?

這個用什麼做的？

이거 뭘로 만들었어요?
Ee-gaw mwol-lo mahn-deu-raw-ssaw-yo?

4. 自我介紹 🎧 04

你叫什麼名字？

이름이 뭐예요?
Ee-reu-mee mwo-yeh-yo?

我的名字是……。

제 이름은...이에요.
Jeh ee-reu-meun ... ee-eh-yo.

你是哪國人？

어느 나라 사람이에요?
Aw-neu nah-rah sah-rah-mee-eh-yo?

我是……人。

저는...사람이에요.
Jaw-neun ⋯ sah-rah-mee-eh-yo.

美國
미국
mee-gook

臺灣
대만
deh-mahn

香港
홍콩
hong-kong

加拿大
캐나다
keh-nah-dah

中國
중국
joong-gook

菲律賓
필리핀
peel-lee-peen

英國
영국
yuhng-gook

俄羅斯
러시아
raw-shee-ah

新加坡
싱가포르
seeng-gah-po-reu

法國
프랑스
peu-rahng-sseu

德國
독일
do-geel

馬來西亞
말레이시아
mahl-lay-ee-shee-ah

日本
일본
eel-bon

紐西蘭
뉴질랜드
nyou-jeel-lehn-deu

土耳其
터키
taw-kee

澳洲
호주
ho-joo

文化小知識：

向韓國人自我介紹時，可能會被詢問較隱私的問題，尤其當對方
年紀超過40歲時，可能會詢問你的年紀、出生年份、血型或婚姻
狀況。如果被問到，請盡量避免產生被冒犯的感覺，也盡量避免
自我防備。

第II章

在機場

在機場說英文的機會相對較多。如果你需要和韓國人溝通，以下的必備單字和句子，可以幫助你到達想去的地方。

自動登機 무인 발권기
moo-een bahl-ggwon-gee

搭乘國際線 국제선 탑승
gook-jjeh-sawn tahp-sseung

報到櫃台 체크인 카운터
cheh-keu-een kah-woon-taw

藥局 약국
yahk-ggook

廁所 화장실
hwah-jahng-sheel

服務台 안내 데스크
ahn-neh deh-seu-keu

DUTY FREE SHOP

Currency Exchange

免稅店 면세점
myuhn-seh-jawm

換匯 환전소
hwahn-jawn-so

1. 出發 🎧 05

哪裡可以換錢？
환전 어디서 해요?

請到 3 樓。
3층으로 가시면 돼요.

Hwahn-jawn aw-dee-saw heh-yo?

🔗 請參考 P197 樓層數字。

Sahm-cheung-eu-ro gah-shee-myuhn dweh-yo.

可替換內容：

報到
체크인
cheh-keu-een

出國審查
출국 심사
chool-gook sheem-sah

轉乘
환승
hwahn-seung

手機充電
휴대폰 충전
hyou-deh-pon choong-jawn

相關會話：

可以在哪裡購買紀念品／免稅品？
기념품/면세품 어디서 살 수 있어요?
Gee-nyuhm-poom/myuhn-seh-poom aw-dee-saw sahl soo ee-saw-yo?

這個班機在幾號登機門搭乘？
이 비행기는 몇 번 게이트에서 탑승해요?
Ee bee-hehng-gee-neun myuht bbawn gay-ee-teu-eh-saw tahp-sseung-heh-yo?

延遲多久？
얼마나 지연됐어요?
Awl-mah-nah jee-yuhn-dweh-ssaw-yo?

我搭的班機航班不在螢幕上。
제가 타는 비행기 편명이 전광판에 없어요.
Jeh-gah tah-neun bee-hehng-gee pyuhn-myuhng-ee jawn-gwahng-pah-neh awp-ssaw-yo.

2. 抵達 🎧 06

餐廳在哪裡？
식당 어디에 있어요?

在那裡。
저쪽에 있어요.

<u>Sheek-ddahng</u> aw-dee-ay ee-ssaw-yo?

Jaw-jjo-gay ee-saw-yo.

可替換內容：

咖啡店
카페
kah-peh

便利商店
편의점
pyuh-nee-jawm

公車站
버스 정류장
baw-sseu jawng-ryou-jahng

地鐵站
지하철역
jee-hah-chawl-lyuhk

計程車乘車處
택시 정류장

tehk-shee jawng-nyou-jahng

機場醫療中心
공항의료센터

gong-hahng-eu-ryo-ssehn-teo

國內線搭乘處
국내선 탑승동

goong-neh-sawn tahp-sseung-dong

行李保管處
수하물 보관소

soo-hah-mool bo-gwahn-so

觀光服務中心
관광 안내소

gwahn-gwahng ahn-neh-so

吸菸室
흡연실

heu-byuhn-sheel

機場巴士在哪裡搭？
리무진 버스 어디서 타요?

出 11 號門就會看到。
11번 게이트로 나가시면 있어요.

Lee-moo-jeen baw-sseu aw-dee-saw
tah-yo?

Shee-beel-bawn gay-ee-teu-ro nah-gah-shee-
myuhn ee-ssaw-yo.

可替換內容：

計程車
택시

tehk-shee

地鐵
지하철

jee-hah-chawl

機場地鐵
공항철도

gong-hahang-chawl-ddo

國內線
국내선

goong-neh-sawn

國際線
국제선

gook-jjeh-sawn

往金浦機場巴士
김포 공항 가는 버스

geem-po gong-hahng gah-neun baw-sseu

相關會話：

哪裡可以租車？
렌트카 어디서 빌려요?
Rehn-teu-kah aw-dee-saw beel-lyuh-yo?

行李在哪裡領？
짐 어디서 찾아요?
Jeem aw-dee-saw chah-jah-yo?

哪裡可以買 SIM 卡？
심카드 어디서 살 수 있어요?
Seem-kah-deu aw-dee-saw sahl soo ee-ssaw-yo?

我的行李還沒出來。
제 짐이 아직 안 나왔어요.
Jeh jee-mee ah-jeek ahn nah-wah-ssaw-yo.

從這裡到<u>大田</u>要怎麼去？

여기서 대전 어떻게 가요?

Yuh-gee-saw **deh-jawn** aw-ddaw-keh gah-yo?

可替換內容：

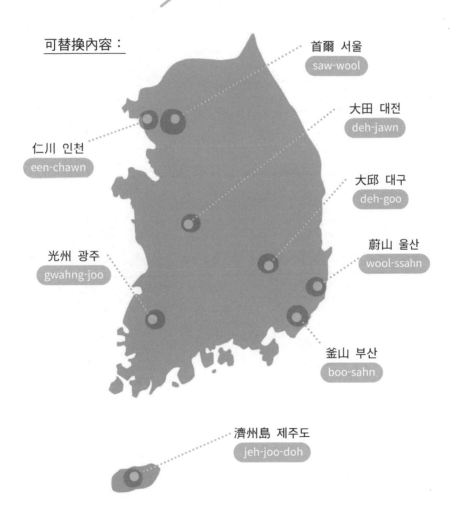

首爾 서울
saw-wool

大田 대전
deh-jawn

仁川 인천
een-chawn

大邱 대구
deh-goo

光州 광주
gwahng-joo

蔚山 울산
wool-ssahn

釜山 부산
boo-sahn

濟州島 제주도
jeh-joo-doh

景福宮 경복궁
gyuhng-bok-ggoong

弘大／新村 홍대 / 신촌
hong-deh/sheen-chon

東大門 동대문
dong-deh-moon

鍾路 종로
jong-no

首爾站 서울역
saw-wool-lyuhk

江南 강남
gahng-nahm

明洞 명동
myuhng-dong

請參考P154首爾熱門地區資訊。

第 III 章

外出

1. 搭地鐵 🎧 07

這是去<u>江南站</u>的車嗎？
이거 <u>강남역</u> 가는 열차 맞아요?

不是，這是相反的方向。
아니요. 반대 방향이에요.

Ee-gaw **gahng-nahm-nyuhk** gah-neun yuhl-chah mah-jah-yo?

Ah-nee-yo. Bahn-deh bahng-hyahng-ee-eh-yo.

請在三角地站轉乘六號線。

삼각지역에서 6호선으로 갈아 타세요.

Sahm-gahk-jjee-yuh-geh-saw you-ko-saw-neu-ro gah-rah tah-seh-yo.

可替換內容：

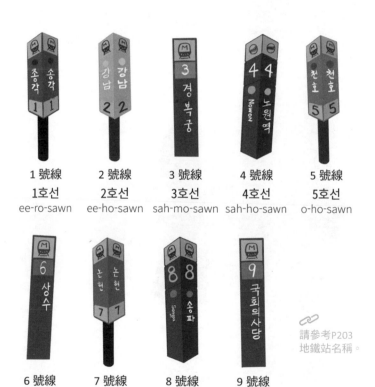

1 號線　　2 號線　　3 號線　　4 號線　　5 號線
1호선　　2호선　　3호선　　4호선　　5호선
ee-ro-sawn　ee-ho-sawn　sah-mo-sawn　sah-ho-sawn　o-ho-sawn

6 號線　　7 號線　　8 號線　　9 號線
6호선　　7호선　　8호선　　9호선
you-ko-sawn　chee-ro-sawn　pah-ro-sawn　goo-ho-sawn

請參考P203
地鐵站名稱。

如果要去<u>梨花女大</u>，要走幾號出口？

<u>이화여대</u> 가려면 몇 번 출구로 나가야 돼요?

可以走 2 號出口或 3 號出口。

<u>2번이나 3번</u> 출구로 나가시면 돼요.

Ee-hwah-yuh-deh gah-ryuh-myuhn myuht bbawn chool-goo-ro nah-gah-ya dweh-yo?

Ee-baw-nee-nah Sahm-bawn chool-goo-ro nah-gah-shee-myuhn dweh-yo.

可替換內容：

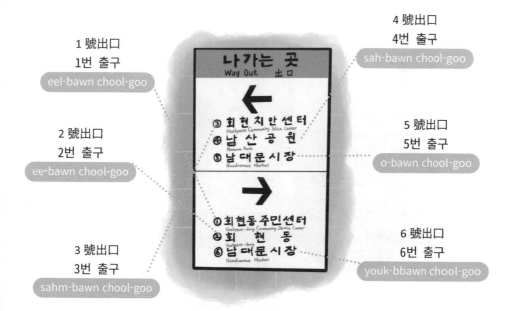

1 號出口
1번 출구
eel-bawn chool-goo

2 號出口
2번 출구
ee-bawn chool-goo

3 號出口
3번 출구
sahm-bawn chool-goo

4 號出口
4번 출구
sah-bawn chool-goo

5 號出口
5번 출구
o-bawn chool-goo

6 號出口
6번 출구
youk-bbawn chool-goo

7 號出口	8 號出口	9 號出口	10 號出口
7번 출구	8번 출구	9번 출구	10번 출구
cheel-bawn chool-goo	pahl-bawn chool-goo	goo-bawn chool-goo	sheep-bawn chool-goo
11 號出口	12 號出口	13 號出口	14 號出口
11번 출구	12번 출구	13번 출구	14번 출구
shee-beel-bawn chool-goo	shee-bee-bawn chool-goo	sheep-ssahm-bawn chool-goo	sheep-ssah-bawn chool-goo

2. 搭公車  🎧 08

> 這班公車會到<u>狎鷗亭羅德奧街</u>嗎？
> 이 버스 <u>압구정 로데오 거리</u> 가요?

>> 會，請搭乘。
>> 네. 타세요.

> Ee baw-sseu **ahp-ggoo-jawng ro-deh-o gaw-ree** gah-yo?

>> Neh. Tah-seh-yo.

相關會話：

這裡是<u>林蔭路</u>嗎？
여기 가로수길 맞아요?
Yuh-gee **gah-ro-soo-ggeel** mah-jah-yo?

多少錢？
얼마예요?
Λwl-mah-yeh-yo?

我要下車！
내릴게요!
Neh-reel-ggeh-yo!

＊如果要轉乘其他公車或地
鐵，下車時要刷交通卡。不過
即使不轉乘，最好也還是要
刷，因為有些公車是以里程計
費的。

去<u>戰爭紀念館</u>的公車要在哪裡搭？
<u>전쟁기념관</u> 가는 버스 어디서 타요?
<u>**Jawn-jehng-gee-nyuhm-gwahn**</u> gah-neun baw-sseu aw-dee-saw tah-yo?

3. 在路上  🎧 09

不好意思，請問南大門市場在哪裡？
저기요. 남대문 시장 어디 있어요?

直走後往左轉就到了。
쭉 가시다가 왼쪽으로 가시면 돼요.

Jaw-gee-yo. **Nahm-deh-moon shee-jahng** aw-dee ee-ssaw-yo?

Jjook gah-shee-dah-gah wehn-jjo-geu-ro gah-shee-myuhn dweh-yo.

相關會話：

這裡是哪裡？
（請告訴我，我們在地圖的哪裡。）
지금 여기가 어디예요?
Jee-geum yuh-gee-gah aw-dee-yeh-yo?

不好意思，請幫我們拍張照。
저기 죄송한데, 저희 사진 한 장만 찍어 주세요.
Jaw-gee jweh-song-hahn-deh, jaw-hee sah-jeen hahn jahng-mahn jjee-gaw joo-seh-yo.

相關動作：

這邊
이쪽
ee-jjok

那邊
저쪽
jaw-jjok

那邊
그쪽
geu-jjok

左邊
왼쪽
wehn-jjok

右邊
오른쪽
o-reun-jjok

4. 搭計程車 10

不諳韓語的人常會抱怨，在韓國很難和計程車司機交談。最好的方式，就是給司機明確的地址，因為車上都會有導航。若使用「Kakao Taxi」APP，可以事先傳送目的地給司機。這樣一來，司機在你上車前就會知道你要去哪裡。

相關會話：

搭計程車前

去<u>明洞</u>嗎？
<u>명동</u> 가요?
Myuhng-dong gah-yo?

有時候需要事先詢問司機是否能前往自己的目的地。當司機搖下車窗時，可以用這個句子詢問。

搭計程車時

請到這裡。
（指著地圖上的目的地，或給司機看地址）

여기로 가 주세요.
Yuh-gee-ro gah joo-seh-yo.

請到弘大入口站。
홍대입구역 가 주세요.
Hong-day-eep-ggoo-yuhk gah joo-seh-yo.

弘大正門。
홍대 정문이요.
Hong-deh jawng-moo-nee-yo.

在江南郵局旁邊。
강남우체국 옆에 있어요.
Gahng-nah-moo-cheh-gook yuh-peh ee-ssaw-yo.

我用交通卡付。
교통카드로 할게요.
Gyo-tong-kah-deu-ro hahl-ggeh-yo.

可以用現金或信用卡支付計程車費用。若是貼有交通卡標示的計程車，也能使用交通卡支付。

這裡請<u>右轉</u>。
여기서 <u>우회전</u>이요.
Yuh-gee-saw **woo-hweh-jawn**-ee-yo.

<u>可替換內容：</u>

左轉
좌회전

jwah-hweh-jawn

直走
직진

jeek-jjeen

右轉
우회전

woo-hweh-jawn

在這邊停嗎？
여기서 세워 드릴까요?

好，請在這裡停。
네. 여기서 세워 주세요.

Yuh-gee-saw seh-wo deu-reel-ggah-yo?

Neh. Yuh-gee-saw seh-wo joo-seh-yo.

第 IV 章

住宿

1. 在飯店 🎧 11

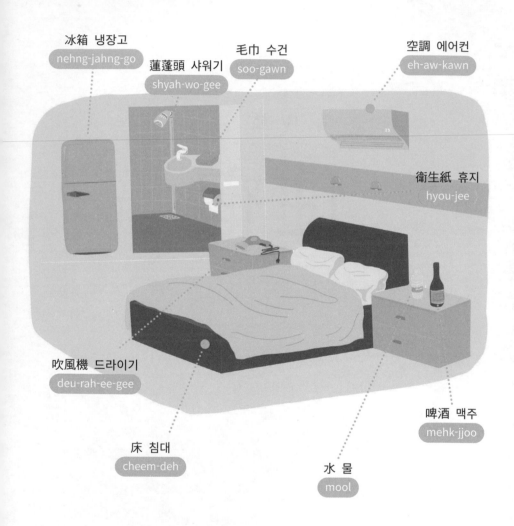

冰箱 냉장고
nehng-jahng-go

蓮蓬頭 샤워기
shyah-wo-gee

毛巾 수건
soo-gawn

空調 에어컨
eh-aw-kawn

衛生紙 휴지
hyou-jee

吹風機 드라이기
deu-rah-ee-gee

床 침대
cheem-deh

水 물
mool

啤酒 맥주
mehk-jjoo

早餐在哪裡吃？

아침 식사는 어디서 해요?

早餐 6 點到 9 點供應，在 2 樓。

6시부터 9시까지고요. 2층으로 가시면 됩니다.

Ah-cheem sheek-ssah-neun
aw-dee-saw heh-yo?

Yuh-sawt-shee-boo-taw **ah-hop-shee**-ggah-jee-go-yo.
Ee-cheung-eu-ro gah-shee-myuhn dwehm-nee-dah.

請參考P194時間說法、P197樓層說法。

房間沒有衛生紙。請幫忙拿到房間。
방에 휴지 없어요. 방으로 가져다 주세요.
Bahng-eh **hyou-jee** awp-ssaw-yo. bahng-eu-ro gah-jyuh-dah joo-seh-yo.

可替換內容：

牙刷
칫솔
cheet-ssol

牙膏
치약
chee-yahk

洗髮精
샴푸
shyahm-poo

肥皂
비누
bee-noo

毛巾
수건
soo-gawn

杯子
컵
kawp

紅酒杯
와인 잔
wah-een jahn

叉子
포크
po-keu

刀子
나이프
nah-ee-peu

冰塊
얼음
aw-reum

蓮蓬頭故障了。

샤워기 고장 났어요.

Shyah-wo-gee go-jahng na-ssaw-yo.

可替換內容：

吹風機
드라이기

deu-rah-ee-gee

電視
티비

tee-bee

冰箱
냉장고

nehng-jahng-go

電腦
컴퓨터

kawm-pyou-taw

空調
에어컨

eh-aw-kawn

相關會話：

早上 6 點請叫醒我。
아침 6시에 깨워 주세요.
Ah-cheem **yuh-sawt-shee**-eh ggeh-wo joo-seh-yo.

含早餐嗎？
아침 식사 포함이에요?
Ah-cheem sheek-ssah po-hah-mee-eh-yo?

房間有煙味。
방에서 담배 냄새 나요.
Bahng-eh-saw dahm-beh nehm-seh nah-yo.

請幫我換房間。
방 바꿔 주세요.
Bahng bah-ggwo joo-seh-yo.

房間太小／熱／冷／吵。

방이 너무 작아요/더워요/추워요/시끄러워요.

Bahng-ee naw-moo jah-gah-yo/daw-wo-yo/choo-wo-yo/shee-ggeu-raw-wo-yo.

可以寄放包包嗎？

가방 맡길 수 있어요?

Gah-bahng maht-ggeel soo ee-ssaw-yo?

請問可以借多功能轉接器／手機充電器嗎？

혹시 멀티 어댑터/핸드폰 충전기 빌릴 수 있을까요?

Hok-shee **mawl-tee aw-dehp-taw/hehn-deu-pon choong-jawn-gee** beel-leel soo ee-sseul-ggah-yo?

住宿時間可以延長嗎？

숙박 기간 연장할 수 있을까요?

Sook-bbahk gee-gahn yuhn-jahng-hahl soo ee-sseul-ggah-yo?

2. 在民宿  12

退宿時間是什麼時候？
체크아웃 시간이 언제예요?

11 點。
11시요.

Cheh-keu-ah-woot shee-gah-nee
awn-jeh-yeh-yo?

Yuh-rahn-shee-yo.

請參考P194時間說法。

相關會話：

我 5 點左右去辦理入住。
체크인 하러 5시쯤에 갈게요.
Cheh-keu-een hah-raw **dah-sawt-shee**-jjeu-meh gahl-ggeh-yo.

從機場要怎麼到民宿？
공항에서 게스트하우스까지 어떻게 가요?
Gong-hahng-eh-saw geh-seu-teu-hah-woo-sseu-ggah-jee aw-ddaw-keh
gah-yo?

晚上 11 點以後請不要出入／洗澡。
밤 11시 이후에는 출입을/샤워를 삼가 주세요.
Bahm yuh-rahn-shee ee-hoo-eh-neun **choo-ree-beul/shyah-wo-reul**
sahm-gah joo-seh-yo.

這附近有便利商店嗎？
이 주변에 편의점 있어요?
Ee joo-byuh-neh **pyuh-nee-jawm** ee-ssaw-yo?

可替換內容：

大型超市
대형 마트

deh-hyuhng mah-teu

超市
큰 슈퍼(마켓)

keun shyou-paw(-mah-keht)

雜貨店
슈퍼(마켓)

shyou-paw(-mah-keht)

溪谷
계곡

gyeh-gok

海洋
바다

bah-dah

有 7 月 31 日到 8 月 2 日的單人房嗎？
7월 31일부터 8월 2일까지 1인실 방 있어요?

抱歉，沒有空房。
죄송합니다. 빈 방이 없습니다.

Chee-rwol sahm-shee-bee-reel-boo-taw **pah-rwol ee-eel**-ggah-jee **ee-reen-sheel** bahng ee-saw-yo?

Jweh-song-hahm-nee-dah. Been bahng-ee awp-sseum-nee-dah.

可替換內容：

雙人房
2인실
ee-een-sheel

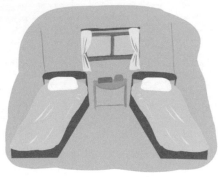

合宿房
도미토리
do-mee-to-ree

雙人床房
더블 침대 있는
daw-beul cheem-deh een-neun

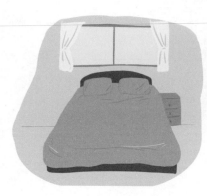

雙床房
싱글 침대 두 개 있는
sseeng-geul cheem-deh doo geh een-neun

如果要在韓國訂房，建議透過網
站或Email。

請參考P192日期寫法、唸法。

第 V 章

飲食

這個料理有<u>肉</u>嗎？
이 음식에 **고기** 들어가 있나요?
Ee eum-shee-geh **go-gee** deu-raw-gah een-nah-yo?

請幫我去洋蔥。
양파 빼고 주세요.
Yahng-pah bbeh-go joo-seh-yo.

我對<u>堅果</u>過敏。
견과류 알레르기가 있어요.
<u>**Gyuhn-gwah-ryou**</u> ahl-leh-reu-gee-gah ee-ssaw-yo.

我不吃<u>豬肉</u>。
저는 <u>돼지고기</u> 안 먹어요.
Jaw-neun <u>**dweh-jee-go-gee**</u> ahn maw-gaw-yo.

可替換內容：

牛奶
우유
woo-you

雞蛋
계란
gyeh-rahn

花生
땅콩
ddahng-kong

麵粉
밀가루
meel-ggah-roo

海鮮
해산물
heh-sahn-mool

魚
생선
sehng-sawn

小黃瓜
오이
o-ee

茄子
가지
gah-jee

水蜜桃
복숭아
bok-ssoong-ah

蘋果
사과
sah-gwah

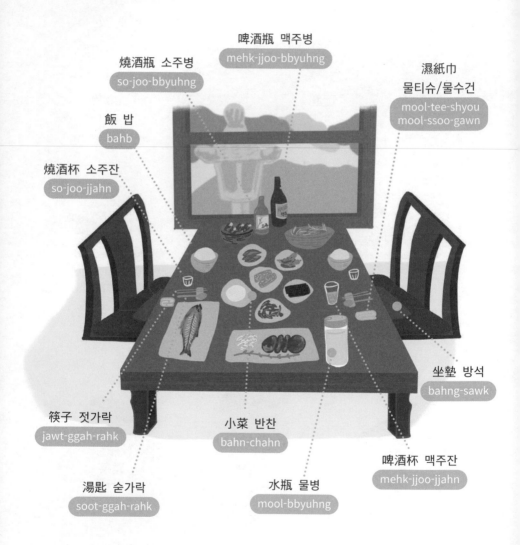

啤酒瓶 맥주병
mehk-jjoo-bbyuhng

燒酒瓶 소주병
so-joo-bbyuhng

濕紙巾
물티슈/물수건
mool-tee-shyou
mool-ssoo-gawn

飯 밥
bahb

燒酒杯 소주잔
so-joo-jjahn

坐墊 방석
bahng-sawk

筷子 젓가락
jawt-ggah-rahk

小菜 반찬
bahn-chahn

啤酒杯 맥주잔
mehk-jjoo-jjahn

湯匙 숟가락
soot-ggah-rahk

水瓶 물병
mool-bbyuhng

請問幾位？
몇 분이세요?

三位。
세 명이요.

Myuht bboo-nee-seh-yo?

Seh myuhng-ee-yo.

如果沒有人詢問人數，通常可以自由入座。

可替換內容：

數人數： 명 myuhng

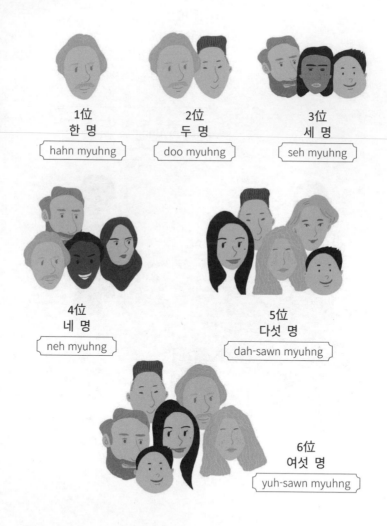

1位
한 명
(hahn myuhng)

2位
두 명
(doo myuhng)

3位
세 명
(seh myuhng)

4位
네 명
(neh myuhng)

5位
다섯 명
(dah-sawn myuhng)

6位
여섯 명
(yuh-sawn myuhng)

7 位
일곱 명
eel-gom myuhng

8 位
여덟 명
yuh-dawl myuhng

9 位
아홉 명
ah-hom myuhng

10 位
열 명
yuhl myuhng

你要回房間嗎？
방으로 가실래요?

不了，我要坐在這。
아니요. 여기 앉을게요.

Bahng-eu-ro gah-sheel-leh-yo?

Ah-nee-yo. Yuh-gee ahn-jeul-ggeh-yo.

您要點餐嗎？
주문하시겠어요?

請給我一份水冷麵、一份拌冷麵。
물냉면 하나, 비빔냉면 하나 주세요.

Joo-moo-nah-shee-geh-ssaw-yo?

Mool-lehng-myuhn hah-nah, bee-beem-nehng-myuhn hah-nah joo-seh-yo.

可替換內容：

1 個	2 個	3 個	4 個
하나 / 한 개	두 개	세 개	네 개
hah-nah / hahn geh	doo geh	seh geh	neh geh

5 個	6 個	7 個
다섯 개	여섯 개	일곱 개
dah-sawt ggeh	yuh-sawt ggeh	eel-gop ggeh

8 個	9 個	10 個
여덟 개	아홉 개	열 개
yuh-dawl ggeh	ah-hop ggeh	yuhl ggeh

一般來說，「개（個）」用來指獨立盤裝的食物，「-인분（人份）」用來指盤裝或鍋裝的多人份食物。

10人份
10인분
shee-been-boon

1人份
1인분
ee-reen-boon

2 人份
2인분
ee-een-boon

3 人份
3인분
sah-meen-boon

4 人份
4인분
sah-een-boon

5 人份
5인분
o-een-boon

6 人份
6인분
you-geen-boon

7 人份
7인분
chee-reen-boon

8 人份
8인분
pah-reen-boon

9 人份
9인분
goo-een-boon

麵類

면 myuhn

水冷麵
물냉면

mool-lehng-myuhn

拌冷麵
비빔냉면

bee-beem-nehng-myuhn

冷蕎麥麵
냉모밀

nehng-mo-meel

麵疙瘩
수제비

soo-jeh-bee

刀削麵
칼국수

kahl-gook-ssoo

韓國宴會麵
잔치국수

jahn-chee-gook-ssoo

拌麵
비빔국수

bee-beem-gook-ssoo

韓式燉鍋

찌개 jjee-geh

「부대」即「部隊」之意。韓戰結束後，住在美軍基地附近的居民開始用美國罐頭燉煮料理，「部隊鍋」因而得名。現在是非常受歡迎的料理！

部隊鍋
부대찌개
boo-deh-jjee-geh

辛奇鍋
김치찌개
geem-chee-jjee-geh

豆腐鍋
순두부찌개
soon-doo-boo-jjee-geh

大醬鍋
된장찌개
dwehn-jahng-jjee-geh

烤魚

생선 구이 sehng-sawn goo-ee

烤青花魚
고등어구이

go-deung-aw-goo-ee

烤土魠魚
삼치구이

sahm-chee-goo-ee

烤白帶魚
갈치구이

gahl-chee-goo-ee

豬肉料理

돼지고기 요리 dweh-jee-go-gee yo-ree

炒豬肉
제육볶음

jeh-youk-bo-ggeum

砂鍋燉肉
뚝배기불고기

ddook-bbeh-gee-bool-go-gee

豬肉飯
돼지불백

dweh-jee-bool-behk

豬腳
족발

jok-bbahl

生菜包肉
보쌈

bo-ssahm

雞肉料理

닭 요리 dahk yo-ree

燉雞
찜닭
jjeem-dahk

人蔘雞湯
삼계탕
sahm-gyeh-tahng

辣炒雞排
닭갈비
dahk-ggahl-bee

原味／調味炸雞
후라이드/양념 치킨
hoo-rah-ee-deu/yahng-nyuhm chee-keen

燉菜

찜 요리 jjeem yo-ree

燉海鮮
해물찜

heh-mool-jjeem

燉鮟鱇魚
아귀찜

ah-gwee-jjeem

燉排骨
갈비찜

gahl-bee-jjeem

拌飯

비빔밥 bee-beem-bbahb

蔬菜拌飯
야채비빔밥

yah-cheh-bee-beem-bbahb

石鍋拌飯
돌솥비빔밥

dol-sot-bee-beem-bbahb

生牛肉拌飯
육회비빔밥

you-khweh-bee-beem-bbahb

湯

탕 tahng

海鮮湯
해물탕

(heh-mool-tahng)

韓國的「탕（湯）」通常會加肉、魚、蔬菜等一起料理，十分美味。

牛骨湯
곰탕

(gom-tahng)

雪濃湯
설렁탕

(sawl-lawng-tahng)

排骨湯
갈비탕

(gahl-bee-tahng)

馬鈴薯湯
감자탕

(gahm-jah-tahng)

2. 在韓國烤肉店 🎧 15

請再給我兩人份的五花肉。
삼겹살 2인분 더 주세요!
Sam-gyuhp-ssahl **ee-een-boon** daw joo-seh-yo!

可替換內容：

📌 五花肉又稱三層肉，取之於豬肚，
脂肪量高、蛋白質含量低。

항정살 가브리살
豬頸肉 上背肉

등심
里脊肉

목살
梅花肉

안심
腰內肉

갈비 갈매기살
排骨 橫膈膜肉

뒷다리살
後腿肉

앞다리살
前腿肉

삼겹살 , 오겹살
五花肉、五層肉

🔗 請參考P67幾人份的說法。

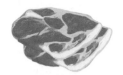

梅花肉 목살

mok-ssahl

脂肪和肉均衡。

橫膈膜肉 갈매기살

gahl-meh-gee-ssahl

類似薄牛排，鮮嫩多汁。

豬頸肉 항정살

hahng-jawng-ssahl

脂肪均匀分布，
肉質柔嫩。

上背肉 가브리살

gah-beu-ree-ssahl

肉瘦而濕潤，富含大量結締組織
和蛋白質。

五層肉 오겹살

o-gyuhp-ssahl

五層五花肉
（同三層肉，只是較多層）

水和小菜自助。
물이랑 반찬은 셀프입니다.
Moo-ree-rahng bahn-chah-neun sehl-peu-eem-nee-dah.

現在可以吃嗎？
이제 먹어도 돼요?

可以，現在可以吃。
네. 이제 드셔도 됩니다.

Ee-jeh maw-gaw-do dweh-yo?

Neh. Ee-jeh deu-shyuh-do dwehm-nee-dah.

在韓國餐廳用餐時，常會看到料理放在鍋爐或烤網上，通常服務生會幫忙料理，可以吃的時候，服務生會告知。如果餐廳太忙或服務生忘記，自己也不知道如何處理時，就可以這麼詢問：「이제 먹어도 돼요?」[Ee-jeh maw-gaw-do dweh-yo?]。

3. 在韓國麵食店

炸魷魚
오징어 튀김
o-jeeng-aw twee-geem

炸海苔捲
김말이 뒤김
geem-mah-ree twee-geem

炸物

튀김 twee-geem

炸地瓜
고구마 튀김
go-goo-mah twee-geem

炸蔬菜
야채 튀김
yah-cheh twee-geem

炸辣椒
고추 튀김
go-choo twee-geem

魚板
오뎅/어묵
o-dehng/aw-mook

炸蝦
새우 튀김
seh-woo twee-geem

韓國麵食

분식 boon-sheek

「분식」原本的意思是「以麵粉為基底的食物」，不過現在被用作韓國料理店或街頭攤販的所有料理。

辣炒年糕
떡볶이
ddawk-bbo-ggee

辣炒年糕泡麵
라볶이
lah-bbo-ggee

血腸
순대
soon-deh

飯捲
김밥 geem-bbahb

起司飯捲
치즈 김밥
chee-jeu geem-bbahb

鮪魚飯捲
참치 김밥
chahm-chee geem-bbahb

泡麵

라면 lah-myuhn

袋裝或杯裝速食泡麵常被稱為「라면」。這個字源自於日語的拉麵，不過發音要特別注意，如果說成接近日文發音的「ramen」，對方會認為你想要點日式拉麵。如果你要點的是韓式泡麵，記得要說成「lah-myuhn」。

起司泡麵
치즈 라면
chee-jeu lah-myuhn

辛奇泡麵
김치 라면
geem-chee lah-myuhn

海鮮泡麵
해물 라면
heh-mool lah-myuhn

年糕泡麵
떡 라면
ddawng lah-myuhn

4. 在美食街  🎧 16

在這裡點餐嗎？
주문 여기서 해요?

對，在這邊點餐，螢幕上顯示號碼單上的號碼時，再去取餐就可以了。
네. 여기서 하시고 번호표에 있는 번호가 전광판에 뜨면 가서 받으시면 돼요.

Joo-moon yuh-gee-saw heh-yo?

Neh. Yuh-gee-saw hah-shee-go baw-no-pyo-ay een-neun baw-no-gah jawn-gwahng-pah-neh ddeu-myuhn gah-saw bah-deu-shee-myuhn dweh-yo.

相關內容：

菜單
메뉴
⌈ meh-nyou ⌋

點餐
주문
⌈ joo-moon ⌋

收據
영수증
⌈ yuhng-soo-jeung ⌋

號碼單
번호표
⌈ baw-no-pyo ⌋

螢幕
전광판
⌈ jawn-gwahng-pahn ⌋

回收
반납
⌈ bahn-nahp ⌋

5. 在家庭料理店  17

還需要什麼嗎？
더 필요한 거 있으세요?

不用，謝謝。
아니요. 괜찮아요.

Daw pee-ryo-hahn gaw ee-sseu-seh-yo?

Ah-nee-yo. Gwehn-chah-nah-yo.

相關會話：

請再給我菜單。

여기 메뉴판 좀 다시 주세요.

Yuh-gee meh-nyou-pahn jom dah-shee joo-seh-yo.

飲料可以續嗎？

음료 리필 돼요?

Eum-lyo lee-peel dweh-yo?

在大部分的韓國餐廳，即使你點其他飲料，通常也只能續可樂和雪碧。

在哪裡結帳？

계산 어디서 해요?

Gye-sahn aw-dee-saw heh-yo?

請幫我續可樂／雪碧。

콜라/스프라이트로 리필해 주세요.

Kol-lah/seu-peu-rah-ee-teu-ro lee-pee-reh joo-seh-yo.

韓國人點可樂時，一般不會說出品牌名稱，因為一般只有可口可樂或百事可樂。

6. 在自助吃到飽店 🎧18

這裡午餐多少錢？
여기 런치 얼마예요?

一個人兩萬元。
한 사람 당 2만 원이에요.

Yuh-gee lawn-chee awl-mah-yeh-yo?

Hahn sah-rahm dahng ee-mah nwo-nee-eh-yo.

7. 在酒店 / 夜店 🎧 19

您需要什麼？
뭐 드릴까요?

請給我兩瓶真露和一份涼拌海螺。
참이슬 두 병이랑 골뱅이 무침 하나 주세요.

Mwo deu-reel-ggah-yo?

Chah-mee-seul doo-byuhng-ee-rahng **gol-behng-ee moo-cheem** hah-nah joo-seh-yo.

可替換內容：

酒

술 sool

燒酒
소주
so-joo

生啤酒
생맥주
sehng-mehk-jjoo

瓶裝啤酒
병맥주
byuhng-mehk-jjoo

馬格利酒
막걸리
mahk-ggawl-lee

下酒菜

字面翻譯為
「配酒的點心」。

안주 ahn-joo

半乾魷魚
반건조 오징어
bahn-gawn-jo o-jeeng-aw

乾下酒菜
마른 안주
mah-reun ahn-joo

水果下酒菜
과일 안주
gwah-eel ahn-joo

烏賊
한치
hahn-chee

水果沙拉
과일 샐러드
gwah-eel sehl-law-deu

水果甜茶
과일 화채
gwah-eel hwah-cheh

黃桃
황도
hwahng-do

湯

탕 tahng

韓國的「탕（湯）」通常會加肉、魚、蔬菜等一起料理，十分美味。

淡菜湯
홍합탕
hong-hahp-tahng

魚板湯
오뎅탕
o-dehng-tahng

魚卵湯
알탕
ahl-tahng

海鮮麵湯
해물짬뽕탕
heh-mool-jjahm-bbong-tahng

鍋巴湯
누룽지탕
noo-roong-jee-tahng

鐵板
철판
chawl-pahn

炒
볶음
bo-ggeum

涼拌
무침
moo-cheem

豆腐辛奇
두부김치
doo-boo-geem-chee

辣炒雞湯
닭볶음탕
dahk-bo-ggeum-tahng

雞蛋捲
계란말이
gye-rahn-mah-ree

綜合香腸
모듬 소시지
mo-deum sso-shee-jee

炸雞
후라이드 치킨
hoo-rah-ee-deu chee-keen

튀김 twee-geem

炸薯條
감자 튀김
gahm-jah twee-geem

洋蔥圈
어니언링
aw-nee-awn-leeng

煎餅

전 jawn

蔥煎餅
파전
pahh-jawn

辛奇煎餅
김치전
geem-chee-jawn

韭菜煎餅
부추전
boo-choo-jawn

8. 在咖啡店  20

請給我一杯中杯的冰美式。
아이스 아메리카노 톨 사이즈로 한 잔 주세요.

幫您用外帶杯可以嗎？
테이크아웃 잔 괜찮으세요?

Ah-ee-seu ah-meh-ree-kah-no tol sah-ee-jeu-ro hahn jahn joo-seh-yo.

tay-ee-keu-ah-woot jahn gwehn-chah-neu-seh-yo?

可替換內容：

冰的／熱的
아이스/따뜻한
ah-ee-seu/ddah-ddeu-tahn

美式咖啡
아메리카노
ah-meh-ree-kah-no

拿鐵
카페라떼
kah-peh-lah-ddeh

卡布奇諾
카푸치노
kah-poo-chee-no

焦糖瑪奇朵
카라멜 마키아또
kah-rah-mehl mah-ggee-ah-ddo

香草拿鐵
바닐라 라떼
bah-neel-lah lah-ddeh

小杯
숏 사이즈
shyot ssah-ee-jeu

大杯
그란데/라지 사이즈
geu-rahn-deh/lah-jee
ssah-ee-jeu

中杯
톨/레귤러 사이즈
tol/leh-gyoul-law ssah-ee-jeu

特大杯
벤티 사이즈
behn-tee ssah-ee-jeu

購物

有其他顏色的嗎？
이거 다른 색깔 있어요?
Ee-gaw dah-reun sehk-ggahl ee-ssaw-yo?

相關內容：

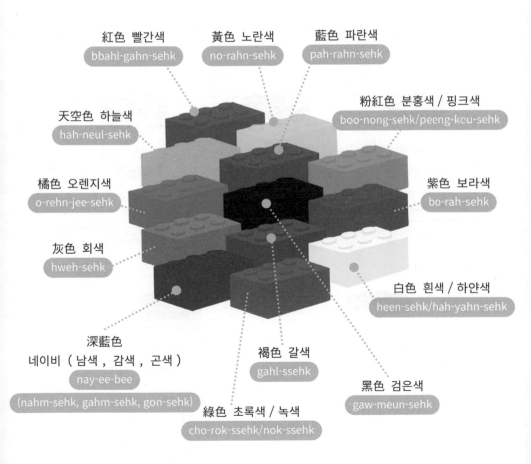

紅色 빨간색
bbahl-gahn-sehk

黃色 노란색
no-rahn-sehk

藍色 파란색
pah-rahn-sehk

粉紅色 분홍색 / 핑크색
boo-nong-sehk/peeng-kcu-sehk

天空色 하늘색
hah-neul-sehk

橘色 오렌지색
o-rehn-jee-sehk

紫色 보라색
bo-rah-sehk

灰色 회색
hweh-sehk

白色 흰색 / 하얀색
heen-sehk/hah-yahn-sehk

深藍色
네이비 (남색 , 감색 , 곤색)
nay-ee-bee
(nahm-sehk, gahm-sehk, gon-sehk)

褐色 갈색
gahl-ssehk

黑色 검은색
gaw-meun-sehk

綠色 초록색 / 녹색
cho-rok-ssehk/nok-ssehk

淡的
연한

(yuh-nahn)

深的
진한

(jee-nahn)

螢光
형광

(hyuhng-gwahng)

亮的
밝은

(bahl-geun)

暗的
어두운

(aw-doo-woon)

彩色
파스텔 컬러/톤

(pah-seu-tehl kawl-law/ton)

無彩色
무채색

(moo-cheh-sehk)

這個多少錢？
이거 얼마예요?
Ee-gaw awl-mah-yeh-yo?

這是特價品嗎？
이거 세일 상품이에요?
Ee-gaw say-eel sahng-poo-mee-eh-yo?

相關內容：

特價
할인
hah-reen

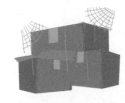

庫存
재고
jeh-go

特價商品
기획 상품
gee-hwehk sahng-poom

OUTLET賣場
상설 매장
sahng-sawl meh-jahng

상설 매장（OUTLET賣場）通常以折扣價
販售過季商品、配件。

1. 在服飾店 🎧 23

更衣室 탈의실
tah-ree-sheel

衣架 옷걸이
ot-ggaw-ree

商店 매장
meh-jahng

鏡子 거울
gaw-wool

倉庫 창고
chahng-go

標價 가격표/택
gah-gyuhk-pyo/tehk

條碼 바코드
bah-ko-deu

櫃台 계산대
gyeh-sahn-deh

展示架 매대
meh-deh

有<u>更大</u>的尺寸嗎？
더 <u>큰</u> 사이즈 있어요?

這是最後一個。
이거 하나 남았어요.

<u>Daw keun</u> ssah-ee-jeu ee-ssaw-yo?

Ee-gaw hah-nah na-ma-ssaw-yo.

可替換內容：

更小的
더 작은

daw jah-geun

男生
남자

nahm-jah

女生
여자

yuh-jah

兒童用
아동용

ah-dong-yong

女生上衣

	XS 엑스스몰 ehk-sseu- seu-mol	S 스몰 seu-mol	M 미디움 mee-dee-woom	L 라지 lah-jee	XL 엑스라지 ehk-sseu- lah-jee
韓國	44 (85) 사사(팔오) sah-sah (pah-ro)	55 (90) 오오(구십) o-o (goo- sheep)	66 (95) 육육(구십오) young-nyouk (goo-shee-bo)	77 (100) 칠칠(백) cheel-cheel (behk)	88 (105) 팔팔(백오) pahl-pahl (beh-go)
美國	0-2	4-6	8-10	12-14	16-18
英國	4-6	8-10	10-12	16-18	20-22
歐洲	34	36	38	40	42

女生下衣

	26 이십육 ee-sheem- nyouk	28 이십팔 ee-sheep- pahl	30 삼십 sahm- sheep	32 삼십이 sahm-shee- bee	34 삼십사 sahm-sheep- ssah
韓國					
美國	4	6	8	10	12
英國	8	10	12	14	16
歐洲	36	38	40	42	44

在韓國很常見「Free size（自由尺碼）」，尤其是上衣、連身裙、內搭褲。「Free size（自由尺碼）」通常為66（95）號。

男生上衣

	S	M	L	XL	XXL
韓國	90 구십 goo-sheep	95 구십오 goo-shee-bo	100 백 behk	105 백오 beh-go	110 백십 behk-sheep
美國	14-14.5	14.5-15	15-15.5	15.5-16	16-16.5
英國	1	2	3	4	5
歐洲	46	48	50	52	54

男生下衣

尺寸 （韓國）	28 이십팔 ee-sheep-pahl	30 삼십 sahm-sheep	32 삼십이 sahm-shee-bee	34 삼십사 sahm-sheep-ssah	36 삼십육 sahm-sheem-nyouk
腰圍 （cm）	70	76	84	90	93

韓國的男裝尺碼偏中等身材，很難找到很小或很大的尺寸。

除非是要幫別人買，不然十分建議在購買前試穿。

相關會話：

衣服不合適。
옷이 안 맞아요.
o-shee ahn mah-jah-yo.

衣服不適合我。
옷이 저한테 안 어울려요.
o-shee jaw-hahn-teh ahn aw-wool-lyuh-yo.

衣服太大。
옷이 너무 커요.
o-shee naw-moo kaw-yo.

衣服太小。
옷이 너무 작아요.
o-shee naw-moo jah-gah-yo.

2. 在包包店 🎧

天然皮
천연 가죽 chaw-nyuhn gah-jook

鴕鳥	鱷魚	蛇
타조	악어	뱀
tah-jo	ah-gaw	behm

牛	山羊	鰻魚
소	염소	장어
so	yuhm-so	jahng-aw

小牛	水牛	蜥蜴
송아지	버팔로	도마뱀
song-ah-jee	baw-pahl-lo	do-mah-behm

羊
양
yahng

人造皮、合成皮
인조 가죽/합성 피혁
een-jo gah-jook/hahp-ssawng pee-hyuhk

相關會話：

這是皮的嗎？
이거 가죽이에요?
Ee-gaw gah-joo-gee-eh-yo?

這是哪個國家的品牌？
어느 나라 브랜드예요?
Aw-neu nah-rah beu-rehn-deu-yeh-yo?

這個是韓國品牌嗎？
이거 한국 브랜드예요?
Ee-gaw **hahn-gook** beu-rehn-deu-yeh-yo?

請參考P15國家名稱。

請背背看。
한번 메 보세요.
Hahn-bawn meh bo-seh-yo.

3. 在飾品／珠寶店 🎧 25

> 這是 14K 嗎？
> 이거 14K예요?

> 不是，是鍍金。
> 아니요. 도금이에요.

> Ee-gaw sheep-ssah-kay-ee-yeh-yo?

> Ah-nee-yo. Do-gcu-mee-eh-yo.

相關內容：

耳環
귀걸이/귀고리

gwee-gaw-ree/gwee-go-ree

手環
팔찌

pahl-jjee

項鍊
목걸이

mok-ggaw-ree

戒指
반지

bahn-jee

胸針
브로치

beu-ro-chee

髮夾
머리핀

maw-ree-peen

髮圈
머리끈

maw-ree-ggeun

14K金
14K

sheep-ssah-kay-ee

14K 金 = 58.3% 金

18K金
18K

sheep-pahl-kay-ee

18K 金 = 75% 金

24K金
24K

ee-sheep-sah-kay-ee

24K 金 =99.99% 金

金
금
(geum)

銀
은
(eun)

玫瑰金
로즈골드
(ro-jeu-gol-deu)

白金
화이트골드
(hwah-ee-teu-gol-deu)

墜飾
펜던트
(pehn-dawn-teu)

鍊子
줄
(jool)

寶石
큐빅
(kyou-beek)

相關會話：

錬子太長。
줄이 길어요.
Joo-ree gee-raw-yo.

錬子太短。
줄이 짧아요.
Joo-ree jjahl-bah-yo.

戒指太大。
반지가 커요.
Bahn-jee-gah kaw-yo.

戒指太小。
반지가 작아요.
Bahn-jee-gah jah-gah-yo.

4. 在鞋店 🎧 26

這雙鞋有 <u>230</u> 的嗎？
이 신발 <u>230</u> 사이즈 있어요?

請稍等，我確認一下。
네. 잠시만 기다리세요. 확인해 볼게요.

Ee sheen-bahl **ee-behk-sahm-sheep** ssah-ee-jeu
ee ssaw-yo?

Ne. Jahm-shee-mahn gee dah-ree-seh-yo.
Hwah-gee-neh bol-ggeh-yo.

尺寸表

女生			
韓國	美國	英國	歐洲
220・이백이십 ee-beh-gee-sheep	5	3	36
225・이백이십오 ee-beh-gee-shee-bo	5.5	3.5	36.5
230・이백삼십 ee-behk-sahm-sheep	6	4	37
235・이백삼십오 ee-behk-sahm-shee-bo	6.5	4.5	37.5
240・이백사십 ee-behk-sah-sheep	7	5	38
245・이백사십오 ee-behk-sa-shee-bo	7.5	5.5	38.5
250・이백오십 ee-beh-go-sheep	8	6	39
255・이백오십오 ee-beh-go-shee-bo	8.5	6.5	39.5
260・이백육십 ee-behng-nyouk-sheep	9	7	40
265・이백육십오 ee-behng-nyouk-shee-bo	9.5	7.5	40.5
270・이백칠십 ee-behk-cheel-sheep	10	8	41

男生			
韓國	美國	英國	歐洲
245 · 이백사십오 ee-behk-sah-shee-bo	6.5	5.5	40
250 · 이백오십 ee-beh-go-sheep	7	6	40.5
255 · 이백오십오 ee-beh-go-shee-bo	7.5	6.5	41
260 · 이백육십 ee-behng-nyouk-sheep	8	7	41.5
265 · 이백육십오 ee-behng-nyouk-shee-bo	8.5	7.5	42
270 · 이백칠십 ee-behk-cheel-sheep	9	8	42.5
275 · 이백칠십오 ee-behk-cheel-shee-bo	9.5	8.5	43
280 · 이백팔십 ee-behk-pahl-sheep	10	9	43.5
285 · 이백팔십오 ee-behk-pahl-shee-bo	10.5	9.5	44
290 · 이백구십 ee-behk-goo-sheep	11	10	44.5
295 · 이백구십오 ee-behk-goo-shee-bo	11.5	10.5	45

相關內容：

運動鞋
운동화
woon-dong-hwah

樂福鞋
로퍼
lo-paw

涼鞋
샌들
ssehn-deul

拖鞋
슬리퍼
seul-lee-paw

低跟鞋
단화
dah-nwah

高跟鞋
하이힐
hah-ee-heel

楔型鞋
웨지힐
weh-jee-heel

魚口鞋
오픈토
o-peun-to

平底鞋
플랫슈즈
peul-leht-shyou-jeu

厚底鞋
가보시힐
gah-bo-shee-heel

鞋帶
신발 끈
sheen-bahl ggeun

運動鞋鞋帶
운동화 끈
woon-dong-hwah ggeun

皮鞋鞋帶
구두 끈
goo-doo ggeun

相關會話：

鞋跟太高。
굽이 너무 높아요.
Goo-bee naw-moo no-pah-yo.

鞋跟太矮。
굽이 너무 낮아요.
Goo-bee naw-moo nah-jah-yo.

鞋跟太薄。
굽이 너무 얇아요.
Goo-bee naw-moo yahl-bah-yo.

鞋跟太厚。
굽이 너무 두꺼워요.
Goo-bee naw-moo doo-ggaw-wo-yo.

鞋跟
굽
goop

鞋拔
구둣주걱
goo-doot-jjoo-gawk

5. 在美妝店 🎧 27

誰要用的呢？
누가 쓰실 거예요?

我要送給媽媽的。
엄마한테 선물할 거예요.

Noo-gah sseu-sheel ggaw-yeh-yo?

Awm-mah-hahn-teh sawn-moo-rahl ggaw-yeh-yo.

可替換內容：

朋友
친구

cheen-goo

爸爸
아빠

ah-bbah

弟弟／妹妹
동생

dong-sehng

姊姊
（女生稱呼）
언니

awn-nee

姊姊
（男生稱呼）
누나

noo-nah

女朋友
여자 친구

yuh-jah cheen-goo

男朋友
남자 친구

nahm-jah cheen-goo

哥哥
（男生稱呼）
형

hyuhng

哥哥
（女生稱呼）
오빠

o-bbah

相關內容：

化妝水
스킨/토너
seu-keen/to-naw

精華液
에센스
eh-ssehn-seu

保濕乳液
수분크림
soo-boon-keu-reem

精華液
세럼
sseh-rawm

防曬乳液
선크림
ssawn-keu-reem

眼霜
아이크림
ah-ee-keu-reem

粉底液
파운데이션
pah-woon-day-ee-shyuhn

妝前乳
메이크업 베이스
may-ee-keu-awp bay-ee-seu

妝前乳
프라이머
peu-rah-ee-maw

遮瑕膏
컨실러
kawn-seel-law

眼線筆
아이라이너
ah-ee-lah-ee-naw

睫毛膏
마스카라
mah-seu-kah-rah

眼影
아이 섀도우
ah-ee shyeh-do-woo

眉筆
아이 브로우 펜슬
ah-ee beu-ro-woo pehn-seul

刷子
브러시
beu-raw-shee

唇彩
립글로즈
leep-geul-lo-jeu

腮紅
블러셔
beul-law-shyuh

口紅
립스틱
leep-sseu-teek

護唇膏
립밤
leep-bbahm

油性肌膚
지성 피부
jee-sawng pee-boo

乾性肌膚
건성 피부
gawn-sawng pee-boo

複合性肌膚
복합성 피부
bo-kahp-ssawng pee-boo

青春痘
여드름
yuh-deu-reum

斑點
기미
gee-mee

皺紋
주름
joo-reum

色素沉澱
색소 침착
sehk-so cheem-chahk

抗老化
항노화
hahng-no-hwah

美白
미백/화이트닝
mee-behk/hwah-ee-teu-neeng

保濕
보습
bo-seup

阻隔紫外線
자외선 차단
jah-weh-sawn chah-dahn

鎮定、舒緩
진정
jeen-jawng

改善皺紋
주름 개선
joo-reum geh-sawn

彈力
탄력
tahl-lyuhk

皮膚再生
피부 재생
pee-boo jeh-sehng

6. 在便利商店 🎧 28

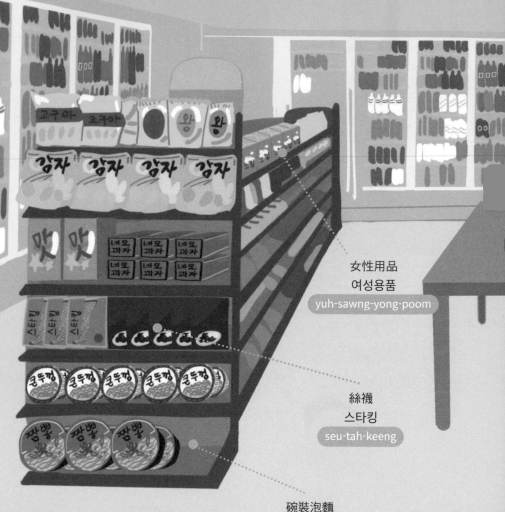

女性用品
여성용품
yuh-sawng-yong-poom

絲襪
스타킹
seu-tah-keeng

碗裝泡麵
컵라면
kawm-lah-myuhn

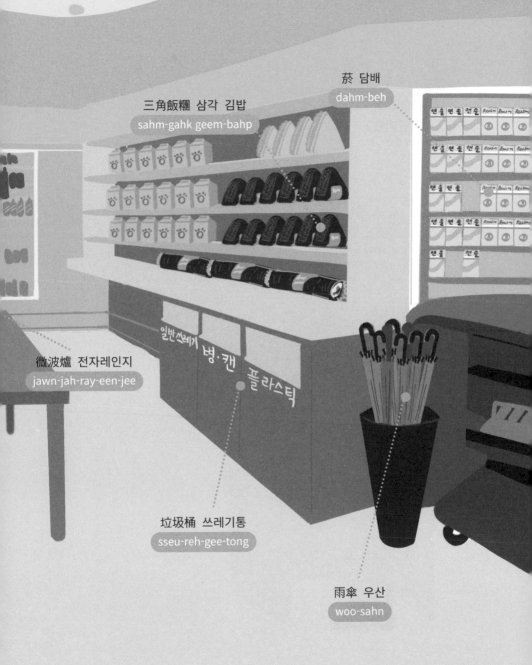

菸 담배
dahm-beh

三角飯糰 삼각 김밥
sahm-gahk geem-bahp

微波爐 전자레인지
jawn-jah-ray-een-jee

垃圾桶 쓰레기통
sseu-reh-gee-tong

雨傘 우산
woo-sahn

일반쓰레기 병·캔 플라스틱

有濕紙巾嗎？
물티슈 있어요?

有的，請到那邊最後面。
네. 저쪽 끝으로 가 보세요.

Mool-tee-shyou ee-ssaw-yo?

Ne. Jaw-jjok ggeu-teu-ro gah bo-seh-yo.

可替換內容：

衛生紙
휴지
hyou-jee

止痛藥
진통제
jeen-tong-jeh

退燒藥
해열제
heh-yuhl-jjeh

交通卡
교통카드
gyo-tong-kah-deu

盥洗用品
세면도구
seh-myuhn-do-goo

充電器
충전기
choong-jawn-gee

刮鬍刀
면도기
myuhn-do-gee

便當
도시락
do-shee-rahk

筆
펜
pehn

便條紙
메모지
meh-mo-jee

乾電池
건전지
gawn-jawn-jee

衛生棉
생리대
sehng-lee-deh

衛生棉條
탐폰
tahm-pon

7. 在大型超市  🎧 29

穀麥片在哪裡？
시리얼 어디에 있어요?

在那邊的餅乾區。
저쪽 과자 코너에 있어요.

Ssee-ree-awl aw-dee-eh ee-ssaw-yo?

Jaw-jjok gwah-jah ko-naw-eh ee-ssaw-yo.

可替換內容：

牙刷
칫솔
cheet-ssol

牙膏
치약
chee-yahk

海苔
김
geem

酒
술
sool

燒酒
소주
sso-joo

啤酒
맥주
mehk-jjoo

紅酒
와인
wah-een

紙杯
종이컵
jong-ee-kawp

化妝品
화장품
hwah-jahng-poom

衣服
옷
ot

內衣
속옷
so-got

8. 在傳統超市 🎧 30

這個多少錢？
이거 얼마예요?

三千元。
3천원.

Ee-gaw awl-mah-yeh-yo?

Sahm-chaw-nwon.

相關會話：

這個是什麼？
이거 뭐예요?
Ee-gaw mwo-yeh-yo?

太好吃了。
너무 맛있어요.
Naw-moo mah-shee saw-yo.

太貴了。
너무 비싸요.
Naw-moo bee-ssah-yo.

請給多一點。
많이 주세요.
Mah-nee joo-seh-yo.

文化小知識：
傳統市場是唯一可以
殺價的地方。

請算便宜一點。
싸게 주세요.
Ssah-geh joo-seh-yo.

這個好吃嗎？
이거 맛있어요?
Ee-gaw mah-shee-saw-yo?

第 VII 章

遊玩

1. 在宮殿 🎧

在朝鮮時代時，五大宮－昌德宮、昌慶宮、德壽宮、景福宮、慶熙宮都建於首爾中區（중구 [joong-goo]）和鍾路區（종로구 [jong-no-goo]）。

昌慶宮
창경궁 chahng-gyuhng-goong
原先是高麗時代的頤和園，後來成為朝鮮時代的五大宮之一。

景福宮
경복궁 gyuhng-bok-ggoong
朝鮮時代的主要王宮，也是現在韓國最著名的宮殿。

昌德宮

창덕궁 chahng-dawk-ggoong

這個宮殿建於1935年，在景福宮因戰爭等原因無法使用時，被當作主要宮殿。

德壽宮

덕수궁 dawk-ssoo-goong

由於1592年發生壬辰倭亂，所有王宮都被燒毀，當時德壽宮被作為宮殿使用。

慶熙宮

경희궁 gyuhng-hee-goong

在朝鮮時代後期，這個宮殿被用作王的避難居所。

相關會話：

入口在哪裡？
입구가 어디예요?
Eep-ggoo-gah aw-dee-yeh-yo?

出口在哪裡？
출구가 어디예요?
Chool-goo-gah aw-dee-yeh-yo?

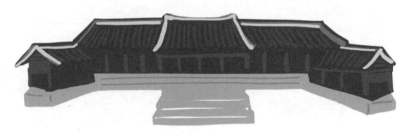

宗廟
종묘 jong-myo
朝鮮時代祠堂，用來供奉朝鮮時代的王和王妃。

2. 在山區 🎧 32

相關會話：

到山頂還有多久？
정상까지 얼마나 남았어요?
Jawng-sahng-ggah-jee awl-mah-nah nah-mah-ssaw-yo?

纜車在哪裡搭？
케이블카 어디서 타요?
Kay-ee-beul-kah aw-dee-saw tah-yo?

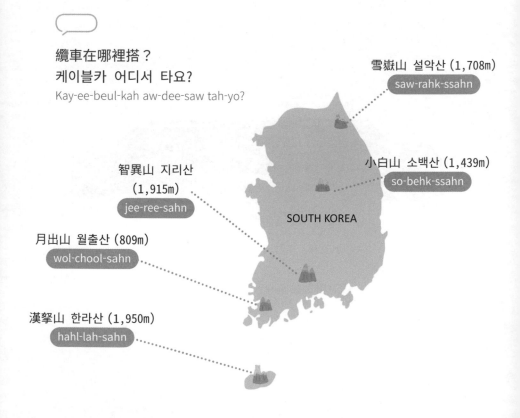

雪嶽山 설악산 (1,708m)
saw-rahk-ssahn

小白山 소백산 (1,439m)
so-behk-ssahn

智異山 지리산
(1,915m)
jee-ree-sahn

SOUTH KOREA

月出山 월출산 (809m)
wol-chool-sahn

漢拏山 한라산 (1,950m)
hahl-lah-sahn

道峯山 도봉산 (740m)
do-bong-sahn

北漢山 북한산 (837m)
boo-kahn-sahn

仁王山 인왕산 (338m)
ee-nwahng-sahn

北岳山 북악산 (342m)
boo-gahk-ssahn

SEOUL

南山 남산 (262m)
nahm-sahn

清溪山 청계산 (618m)
chawng-gyeh-sahn

冠岳山 관악산 (629m)
gwah-nahk-ssahn

即使你沒有任何爬山經驗，到了韓國，絕對值得去爬山。韓國山多，從短而輕鬆的行程到一日行都有，難度各不相同，地圖上僅標出幾處。如果你是新手，在攻上高山之前，建議先前往較低海拔的小山。

不好意思，我的腳受傷了，請幫我。

저기요. <u>**다리**</u>를 다쳤어요. 좀 도와주세요.

Jaw-gee-yo. **Dah-ree**-reul dah-chyuh-ssaw-yo. Jom do-wah-joo-seh-yo.

可替換內容：

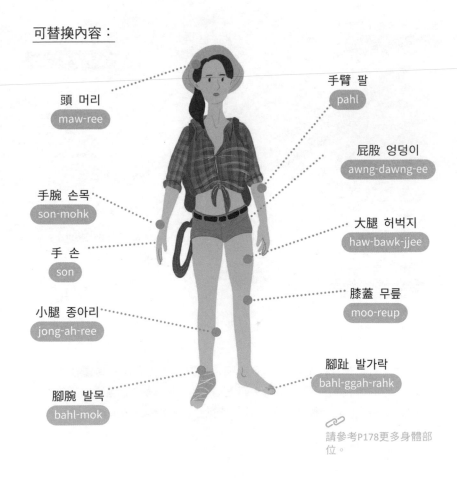

頭 머리
maw-ree

手臂 팔
pahl

屁股 엉덩이
awng-dawng-ee

手腕 손목
son-mohk

手 손
son

大腿 허벅지
haw-bawk-jjee

膝蓋 무릎
moo-reup

小腿 종아리
jong-ah-ree

腳趾 발가락
bahl-ggah-rahk

腳腕 발목
bahl-mok

請參考P178更多身體部位。

3. 在主題樂園 🎧 33

開始／結束時間是幾點？
개장/폐장 시간이 언제예요?

11 點。
11시예요.

Geh-jahng/Pyeh-jahng shee-gah-nee
awn-jeh-yeh-yo?

Yuh-rahn-shee-yeh-yo.

相關內容：

入場卷
입장권

eep-jjahng-ggwon

周間卷
주간권

joo-gahn-ggwon

夜間卷
야간권

yah-gahn-ggwon

自由使用卷
자유이용권

jah-you-ee-yong-ggwon

等候線
대기라인

deh-gee-lah-een

相關會話：

要等多久？
얼마나 기다려야 돼요?
Awl-mah-nah gee-dah-ryuh-yah dweh-yo?

遊行什麼時候開始？
퍼레이드 언제 시작해요?
Paw-ray-ee-deu awn-jeh shee-jah-keh-yo?

廁所在哪裡？
화장실 어디 있어요?
Hwah-jahng-sheel aw-dee ee-ssaw-yo?

表演在哪裡？
공연 어디서 해요?
Gong-yuhn aw-dee-saw heh-yo?

這排是<u>雷霆瀑布</u>嗎？

이 줄이 **썬더폴스** 줄 맞아요?

Ee joo-ree **ssawn-daw-pol-sseu** jool mah-jah-yo?

📌 韓國各遊樂園中的遊樂設施，通常有自己的專門名稱，如
「T-Express」、「Rolling X-Train」是愛寶樂園的兩種雲霄飛車。以
下四種遊樂設施為通用名稱。

可替換內容：

旋轉木馬
회전목마

(hweh-jawn-mong-mah)

海盜船
바이킹

(bah-ee-keeng)

摩天輪
관람차

(gwahl-lahm-chah)

蹦蹦車
범퍼카

(bawm-paw-kah)

4. 在水上樂園

34

哪裡可以借救生衣？

구명 자켓 어디서 빌릴 수 있어요?

Goo-myuhng jah-keht aw-dee-saw beel-leel ssoo ee-ssaw-yo?

可替換內容：

泳衣
수영복

soo-yuhng-bok

海灘椅
비치 체어

bee-chee cheh-aw

毛巾
타월

tah-wol

相關會話：

可以出去一下嗎？
잠깐 나갔다 와도 돼요?
Jahm-ggahn nah-gaht-ddah wah-do dweh-yo?

這個／那個在哪裡賣？
이건/저건 어디서 팔아요?
Ee-gawn/jaw-gawn aw-dee-saw pah-rah-yo?

 如果要指近的物品，使用「이건」，如果要指遠的物品，用「저건」。

往首爾的巴士在哪裡搭？
서울 가는 버스 어디서 타요?
Saw-wool gah-neun baw-sseu aw-dee-saw tah-yo?

這需要付錢嗎？
이거 돈 내고 쓰는 거예요?
Ee-gaw don neh-go sseu-neun gaw-yeh-yo?

上午卷 오전권 o-jawn-ggwon	大人 대인 day-een	22,000
	小孩 소인 so-een	16,000
	敬老 경로 gyuhng-no	16,000
下午卷 오후권 o-hoo-ggwon	大人 대인 day-een	22,000
	小孩 소인 so-een	16,000
	敬老 경로 gyuhng-no	16,000
一日卷 1일권 ee-reel-ggwon	大人 대인 day-een	40,000
	小孩 소인 so-een	29,000
	敬老 경로 gyuhng-no	29,000
兩日卷 2일권 ee-eel-ggwon	大人 대인 day-een	60,000
	小孩 소인 so-een	43,000
	敬老 경로 gyuhng-no	43,000

相關內容：

手機充電
휴대폰 충전

hyou-deh-pon choong-jawn

貴重物品保管
귀중품 보관

gwee-joong-poom bo-gwahn

寄物櫃
락커

lahk-kaw

營業時間
운영 시간

woo-nyuhng shee-gahn

餘款退費
잔액 환불

jah-nehk hwahn-bool

再次入場
재입장

jay-eep-jjahng

檢查隨身物品
소지품 검사

so-jee-poom gawm-sah

淋浴間
샤워실

shyah-wo-sheel

5. 在滑雪度假村

相關內容：

纜車卷
리프트권

(lee-peu-teu-ggwon)

安全帽
헬멧

(hehl-meht)

租賃裝備
장비렌탈

(jahng-bee-rehn-tahl)

單板滑雪
스노보드

(seu-no-bo-deu)

雙板滑雪
스키

(seu-kee)

護目鏡
고글

(go-geul)

周末
주말
[joo-mahl]

周間
주중
[joo-joong]

纜車
곤돌라
[gon-dol-lah]

滑雪課程
스키강습
[seu-kee-gahng-seup]

租賃衣服
의류대여
[eu-ryou-deh-yuh]

季卷
시즌권
[ssee-jeun-ggwon]

韓國節慶

節慶的日期每年都不同，規劃前務必先確認詳細日期。

春花節
봄꽃축제 bom-ggot-chook-jjeh

永登浦汝矣島春花節
영등포 여의도 봄꽃축제 yuhng-deung-po yuh-ee-do bom-ggot-chook-jjeh
首爾最著名的櫻花節。（四月中）

鎮海軍港節
진해군항제 jee-neh-goo-nahng-jeh
韓國最大的櫻花節。（四月中）

濟州油菜花慶典
제주 유채꽃큰잔치 jeh-joo you-cheh-ggot-keun-jahn-chee
濟州島最有名、最受歡迎的慶典。（四月中）

愛寶樂園鬱金香節／玫瑰節
에버랜드 튤립축제 / 장미축제
eh-baw-rehn-deu tyoul-leep-chook-jje/jahng-mœ-chook-jjeh
不同於韓國各地的櫻花和油菜花，這裡有非常多的鬱金香和玫瑰。要參觀必須購買愛寶樂園的門票。（三月下旬～六月中）

海洋節
바다축제 bah-dah-chook-jjeh

保寧美容泥漿節
보령머드축제 bo-ryuhng-maw-deu-chook-jjeh
泥漿節是韓國最受外國人歡迎的節慶之一，看上去是慶祝泥漿的節日，不過具體來說是要慶祝大川的化妝品和泥漿優點。這裡的活動很多，如：泥漿按摩、泥漿摔角、高空滑索、泥漿滑雪、泥漿煙火等！

釜山海洋節
부산바다축제 boo-sahn-bah-dah-chook-jjeh
在大約一週內，釜山的幾個海灘會舉辦許多活動和慶典，總稱為海洋節。活動包含運動競賽、舞蹈和各種音樂會。（八月初）

煙火節
불꽃축제 bool-ggot-chook-jjeh

首爾世界煙火節
서울세계불꽃축제 saw-wool-seh-gyeh-bool-ggot-chook-jjeh
韓國最著名的煙火節，可以見到近乎整個城市的民眾。（十月初）

浦項國際煙火節
포항국제불빛축제 po-hahng-gook-jjeh-bool-bbeet-chook-jje
可以享受大海、夜市、浦項風光和煙火。（七月下旬～八月初）

冬季慶典
겨울 축제 gyuh-wool chook-jjeh

華川櫻鱒節
화천산천어축제 hwah-chawn-sahn-chaw-naw-chook-jjeh
當河被厚冰覆蓋時，可以嘗試用手抓魚。（一月中～二月初）

大關嶺雪花節
대관령 눈꽃축제 deh-gwahl-lyuhng noon-ggot-chook-jjeh
大關嶺是韓國下最多雪的地方，每年一月大約有十天，會展出巨大的冰雕，也可以乘坐雪上摩托車。（一月中旬）

電影節
영화제 yuhng-hwah-jeh

釜山國際電影節
부산국제영화제 boo-sahn-gook-jjeh-yuhng-hwah-jeh
亞洲最著名、最大的電影節。（十月初）

全州國際電影節
전주국제영화제 jawn-joo-gook-jjeh-yuhng-hwah-jeh
這個節慶比釜山國際電影節還小，不過可以享受歷史悠久的全州。（五月初）

富川國際奇幻電影節
부천국제판타스틱영화제
boo-chawn-gook-jjeh-pahn-tah-seu-teek-yuhng-hwah-jeh
這個電影節的重點是驚悚片、懸疑片和科幻片。（七月中下旬）

音樂節
음악 축제 eu-mahk chook-jjeh

鰲島國際爵士音樂節
자라섬국제재즈페스티벌 jah-rah-sawm-gook-jjeh-jjeh-jeu-peh-seu-tee-bawl
這是韓國最著名的爵士音樂節,會有數十位國際爵士音樂表演者在此演出,每年超過100,000人參觀此節慶。(十月中旬)

仁川Pentaport搖滾音樂節
인천 펜타포트 락 페스티벌 een-chawn pehn-tah-po-teu rahk peh-seu-tee-bawl
這是韓國最大的現場音樂盛會之一,主打搖滾和電子樂。(八月中旬)

首爾爵士音樂節
서울 재즈 페스티벌 saw-wool-jjeh-jeu-peh-seu-tee-bawl
這是韓國第二大的爵士音樂節,來自韓國和海外的知名音樂人都會參與。(五月下旬)

首爾熱門地區

35

這裡最近的地鐵站在哪裡？
여기서 제일 가까운 지하철 역이 어디예요?
Yuh-gee-saw jay-eel gah-ggah-woon jee-hah-chawl yuh-gee aw-dee-yeh-yo?

 如果在首爾迷路，最好的辦法就是詢問最近的地鐵站在哪裡。

弘大
홍대 hong-deh

弘益大學一帶是非常受年輕人歡迎的區域，這裡曾是窮困藝術家和獨立音樂者聚集之處，但因後來變得十分商業化，導致藝術家和音樂家們遷往附近的延南洞地區。

新村／梨大
신촌 / 이대 sheen-chon/ee-deh

此區有相當知名的延世大學和梨花女子大學，因此有許多平價服飾店、飾品店和價格合理的餐廳。

明洞
명동 myuhng-dong

明洞幾乎可以提供任何你想要購買的東西，從高級的樂天百貨、新世界百貨到H&M、韓國化妝品店等都具備，為韓國人和外國遊客的購物聖地。除了時尚和購物，位於明洞的明洞大教堂，為韓國著名的天主教大教堂之一。

鍾路
종로 jong-no

現代首爾的市中心與古城並存著的樣貌，在政府辦公大樓、大型書店、酒吧、餐廳中，可以找到許多歷史遺跡、花園、古老劇院和傳統市場。

仁寺洞
인사동 een-sah-dong

這是位於首爾市中心鍾路區的其中一區，在這裡有很多機會可以體驗韓國傳統文化，可以參觀傳統茶館、餐廳、手工藝坊（製作韓國傳統結、辛奇、陶瓷等）、古董商店、美術館與紀念品商店等。

三清洞

삼청동 sahm-chawng-dong

這裡有首爾最棒的風景，景福宮和青瓦台（韓國總統居住地）皆位於此處。這一帶以傳統韓屋（한옥 [hah-nok]）聞名，近年有許多特別的商店、美術館和高級餐廳進駐，讓此處氛圍獨特而時尚。

Noealz攝

光化門廣場

광화문 광장 gwahng-hwah-moon gwahng-jahng

光化門廣場位於景福宮前，啟用於2009年。這裡有李舜臣將軍銅像、12.23噴水台、世宗大王的雕像，地下則有博物館（連接世宗文化會館和李舜臣博物館的樓梯，位於世宗大王雕像後方）。在世界盃期間，這裡為大型活動聚會場所，如教宗方濟各來訪、燭光集會、觀看世界盃韓國國家隊比賽等，都在這裡舉辦。光化門廣場位於交通繁雜的十條主要幹道中，請務必行走人行道前往。

Noealz攝

汝矣島
여의도 yuh-ee-do

這裡是韓國的商業和金融中心，同時也有著名的韓國國會、電視台、63大樓和ICF購物中心。週末大家經常前往汝矣島公園或汝矣島漢江公園。

江南站
강남역 gahng-nahm-nyuhk

這裡是十分繁忙與高級的地區，到處都是商店、餐廳、咖啡店、酒吧、辦公大樓，也有許多英語教育機構和各式各樣的補習班。

狎鷗亭／清潭／新沙
압구정 / 청담 / 신사 ahp-ggoo-jawng/chawng-dahm/sheen-sah

這是首爾最奢華的地區，這裡有許多高級精品店、美容室、婚紗店和娛樂公司。狎鷗亭的江南遊客服務中心有兩層樓，可以在這裡換匯、寄放行李、諮詢旅遊訊息、進行醫療旅遊，也能體驗韓國流行音樂和韓劇文化（即韓流「한류 [hahl-lyou]」）。

大學路
대학로 deh-hahng-no

這裡有許多小型劇場，附近有成均館大學，國立首爾大學也曾經位於這附近，在這裡散步，可以體驗青春浪漫的氛圍。

梨泰院

이태원 ee-teh-won

這是位於美軍駐龍山基地附近的多元文化社區。梨泰院國際社區龐大且持續發展中，連帶也帶動本地和外地遊客人流。無論是美食、購物還是夜生活，梨泰院都完全具備。近年來已成為美食家的探訪地區，這裡有任何你想找的食物，從素食（PLANT）、美國南部烤肉（Linus BBQ最受歡迎）、清真餐廳到韓國混墨西哥口味菜（Coreanos、Vatos Tacos）都有。此外，如果你想要購買大尺碼的鞋子或衣服，梨泰院也有許多大尺碼商店。

東大門／南大門

동대문 / 남대문 dong-deh-moon/nahm-deh-moon

東大門、南大門如字面意思，都是朝鮮時代的大門，不過現今以大型傳統市場聞名，那裡有各式各樣你能想像到的商店。

首爾的大型購物中心／複合性設施

汝矣島 IFC Mall
여의도 IFC몰
yuh-ee-do ah-ee-eh-peu-ssee-mol

東大門 DDP
동대문 DDP
dong-deh-moon dee-dee-pee

新道林 D-CUBE CITY
신도림 디큐브시티
sheen-do-reem dee-kyou-beu-ssee-tee

三成站 COEX 購物中心
삼성역 COEX몰
sahm-sawng-yuhk ko-ehk-sseu-m

永登浦時代廣場
영등포 타임스퀘어
yuhng-deung-po tah-eem-seu-kweh-aw

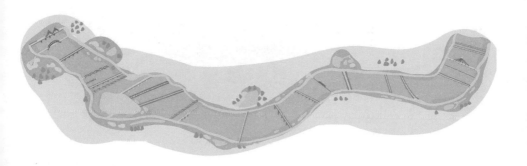

漢江
한강 hahn-gahng

漢江貫穿首爾中部，過去曾是珍貴的運輸路線。現今的漢江邊，遍布許多公園、自行車道和慢跑步道。天氣好的時候，很多首爾人會來這裡野餐、散步、慢跑或騎自行車。漢江上有三座人造島，提供購物、用餐和公共活動。

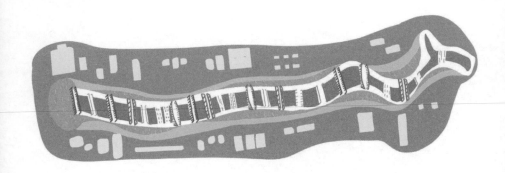

清溪川

청계천 chawng-gyeh-chawn

一條始於清溪川廣場（有高聳、繽紛的海螺藝術品「SPRING」以及噴泉和雙層瀑布）的溪流，流入漢江前會經過中區（중구 [joong-goo]）和鍾路區（종로구 [jong-no-goo]）。溪邊有人行道，夏季可以泡腳消暑。

第 X 章

參訪
當地城市

강원도
江原道

안동시
安東市

전주시 한옥마을
全州韓屋村

경주시
慶州市

담양군
죽녹원
潭陽郡竹綠苑

통영시
統營市

부산시
釜山市

순천시
순천만
順天市順天灣

여수시
오동도
麗水市梧桐島

남해군
南海郡

외도
外島

제주도
濟州島

江原道
강원도 gahng-won-do

韓國最東北的地區。在這裡可以享受美麗的公園、山、河流和海灘。這裡是首爾短程旅遊最受歡迎的地方，擁有許多韓屋民宿和戶外活動設施。

釜山市
부산시 boo-sahn-shee

釜山是韓國第二大城市，為港口都市，適合所有的人。這裡有美味到難以置信的新鮮海鮮、風景如畫的陽光海灘、適合健行的山、特色咖啡店和世界上最大的百貨公司－新世界百貨。近年來，釜山透過韓國流行電影和戲劇，吸引了當地和外國遊客。

慶州市
경주시 gyuhng-joo-shee

慶州是新羅時代近千年的首都，為重要的歷史古城，多數的韓國人至少都有到這裡校外教學一次過。這裡也是新羅時代大量考古遺跡和文化古物的所在地。

安東市

안동시 ahn-dong-shee

這裡是韓國最「韓國」的都市，保留了朝鮮時代的建築、文物和文化。
河回村擁有120棟具有300-500年歷史的房屋，是最著名、最多人造訪的村
莊。

南海郡

남해군 nah-meh-goon

南海郡由68個風景如畫的小島組成，多數人生活在兩個最大的島嶼－南
海島、青山島。南海島的最南端為閑麗海上國立公園的一部分，該公園
於1968年被指定為國家公園。

統營市 & 巨濟島

통영시 tong-yuhng-shee 거제도 gaw-jeh-do

統營市是閑麗海上國立公園的一部分，擁有許多和李舜臣將軍相關的歷
史遺跡。巨濟島是繼韓國濟州島之後的第二大島，與統營市相連。

外島

외도 weh-do

外島為私人島嶼，也是閑麗海上國立公園的一部分，距離巨濟島4公里。
這個島無法過夜，因此大家多會在白天造訪巨大的植物園。

順天市順天灣

순천시 순천만 soon-chawn-shee soon-chawn-mahn

順天灣擁有佔地遼闊的蘆葦，若在夏季到訪，蘆葦是青綠色，不過秋冬間會褪色。順天灣被指定為保護區，因此遊客能觀賞到200種鳥類，其中包含11種稀有品種。

全州韓屋村

전주시 한옥마을
jawn-joo-shee hah-nok-mah-eul

全州韓屋村為擁有700多棟韓屋的保護區，其中有些仍有居民居住。此區成為觀光區後，很多居民都搬離，改為餐廳和商店。

麗水市梧桐島

여수시 오동도 yuh-soo-shee o-dong-do

梧桐島是一座小島，隸屬於閑麗海上國立公園，過去島上很多梧桐樹，因而得名。現今島上有近200種稀有樹種。

潭陽郡竹綠苑

담양군 죽녹원 dah-myahng-goon joong-no-gwon

步行在16萬平方米的竹林中，可以舒緩壓力。在這裡不僅可以在竹林漫步，還可以吃竹筒飯（將米放入竹製容器中蒸煮）和肉排（切碎並調味的排骨肉）。此外，知名的「水杉林道」也在此。

濟州島

제주도 jeh-joo-do

濟州島有溫暖的天氣、白淨的沙灘、休眠的火山、天然瀑布和偶來步道，為國內外旅客最愛的休閒度假勝地。

文化小知識：在韓國可能會遇到一些蹲式馬桶，尤其是在老舊建築和地鐵站中。在高速公路休息站可以透過門上的標誌，得知馬桶是坐式還是蹲式。

1. 在客運站 🎧 36

光州大人一張、小孩一張。
광주 어른 한 장, 어린이 한 장이요.
Gwahng-joo aw-reun hahn jahng, aw-ree-nee hahn jahng-ee-yo.

📌 可以將光州替換成你的目的地。

張：장

1 張	한 장	hahn jahng	6 張	여섯 장	yuh-sawt jjahng
2 張	두 장	doo jahng	7 張	일곱 장	eel-gop jjahng
3 張	세 장	seh jahng	8 張	여덟 장	yuh-dawl jjahng
4 張	네 장	neh jahng	9 張	아홉 장	ah-hop jjahng
5 張	다섯 장	dah-sawt jjahng	10 張	열 장	yuhl jjahng

2. 在火車站  37

相關會話：

這是去<u>安東</u>的列車對嗎？
<u>안동</u> 가는 기차 맞아요?
Ahn-dong gah-neun gee-chah mah-jah-yo?

去<u>安東</u>的列車在哪裡搭？
<u>안동</u> 가는 기차 어디서 타는 거예요？
Ahn-dong gah-neun gee-chah aw-dee-saw tah-neun gaw-yeh-yo?

📌 可以將安東替換成你的目的地。

第 X 1 章

緊急情況

不好意思。
저기요.
Jaw-gee-yo.

請幫我忙。
도와주세요.
Do-wah-joo-seh-yo.

請幫我叫 119。
119 좀 불러 주세요.
Eel-leel-goo jom bool-law joo-seh-yo.

我不會韓語。
저는 한국말 못 해요.
Jaw-neun hahn-goong-mahl mo teh-yo.

1. 在醫院 / 藥局 39

哪裡不舒服呢？
어디가 아파요?

肚子不舒服。
배 아파요.

Aw-dee-gah ah-pah-yo?

Beh ah-pah-yo.

腳受傷了。
다리 다쳤어요.
Dah-ree dah-chyuh-ssaw-yo.

可替換內容：

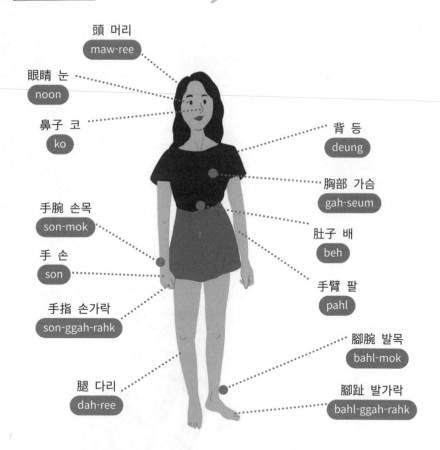

頭 머리
maw-ree

眼睛 눈
noon

鼻子 코
ko

背 등
deung

胸部 가슴
gah-seum

肚子 배
beh

手腕 손목
son-mok

手 손
son

手指 손가락
son-ggah-rahk

手臂 팔
pahl

腳腕 발목
bahl-mok

腿 다리
dah-ree

腳趾 발가락
bahl-ggah-rahk

請參考P136更多身體相關說法。

相關會話：

請給我綜合感冒藥。
종합감기약 주세요.
Jong-hahp-gahm-gee-yahk joo-seh-yo.

可替換內容：

咳嗽藥
기침약
gee-cheem-nyahk

鼻水藥
코감기 약
ko-gahm-gee yahk

喉嚨藥
목감기 약
mok-ggahm-gee yahk

頭痛藥
두통약
doo-tong-nyahk

腹瀉藥
설사약
sawl-ssah-yahk

頭暈藥
멀미약
mawl-mee-yahk

2. 在遺失物中心／警察局

相機被偷了。
카메라 도둑 맞았어요.

請填寫這個資料。
여기 서류 작성해 주세요.

Kah-meh-rah do-dook mah-jah-ssaw-yo.

Yuh-gee saw-ryou jahk-ssawng-heh joo-seh-yo.

相關會話：

我弄丟<u>包包</u>了。
<u>가방</u> 잃어버렸어요.
Gah-bahng ee-raw-baw ryuh-ssaw-yo.

我把<u>手機</u>放在車（地鐵／公車／計程車）上。
<u>핸드폰을</u> 놓고 내렸어요.
hehn-deu-pon-eul no-ko neh-ryuh-ssaw-yo.

可替換內容：

錢包
지갑
jee-gahp

護照
여권
yuh-ggwon

太陽眼鏡
선글라스
ssawn-geul-lah-sseu

錢
돈
don

關於韓語

1. 韓文字母

　　「韓文」是世界上唯一一個能明確知道創造者與創立時間的書寫系統。朝鮮王朝的第四代王——世宗大王於15世紀時，與集賢殿的學者們共同研發出韓文。世宗大王相當鄙視使用漢字或中文來書寫韓文，因此他發明這套文字系統，讓全國百姓皆能用韓文閱讀與書寫，而不再只有貴族階層的人才能識字。

　　因此韓文非常具邏輯性，容易理解與記憶。有些人只花一天，甚至一小時的時間就能閱讀韓文。建議你不妨花點時間來學習韓文字母，因為一旦學會，你就可以唸出所有的韓文字了。那我們就開始吧！

子音

基本 子音	ㄱ	ㄴ	ㄷ	ㄹ	ㅁ	ㅂ	ㅅ	ㅇ	ㅈ	ㅊ	ㅋ	ㅌ	ㅍ	ㅎ
	g/k	n	d/t	r/l	m	b/p	s	ng	j	ch	k	t	p	h
	g/k	n	d/t	r/l	m	b/p	s/ɕ	ŋ	dʑ/tɕ	tɕʰ	k/kʰ	t/tʰ	p/pʰ	h

雙子音	ㄲ	ㄸ		ㅃ	ㅆ	ㅉ
	kk	tt	.	pp	ss	jj
	k'	t'		p'	s'	c'

母音（모음）共有21個，其中10個是基本母音字母，另外
11個是由基本母音組合而成。母音中有8個為單母音（단모
음），13個為複合母音（이중모음），也就是由兩個母音合併
為一個聲音。

*發單母音時，為不動舌的母音。
*發複合母音時，由兩個母音組合成一個發音，舌頭和嘴巴會由一個字母快
速移動到另一個字母（滑動），來產生一個發音。

母音

單母音								
ㅏ	ㅓ	ㅗ	ㅜ	ㅡ	ㅣ	ㅐ	ㅔ	
a	eo	o	u	eu	i	ae	e	
a/aː	ʌ/əː	o/oː	u/uː	i/ɰː	i/iː	ɛ/ɛː	e/eː	

複合母音								
ㅑ	ㅕ	ㅛ	ㅠ			ㅒ	ㅖ	
ya	yeo	yo	yu			yae	ye	
ja	jʌ	jo	ju			jɛ	je	
ㅘ	ㅝ					ㅙ	ㅞ	
wa	wo					wae	we	
wa	wʌ/wəː					wɛ	we	
						ㅚ	ㅟ	ㅢ
						oe	wi	ui
						we	wi	ii

*ㅚ、ㅟ 過去被發成純母音（單母音），但現在是由兩個
母音滑動產生的發音（複合母音）。

寫韓文字

韓文字（한글）由上至下，由左至右書寫，如：

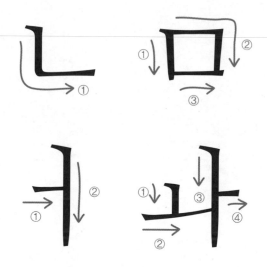

按照筆畫確實書寫，你會發現韓文字非常簡單，而且其他人也能清楚閱讀你的字跡。

念韓文字

韓文字在書寫時由區塊組成，每個字母都是一個發音（音節）。

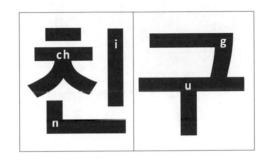

ㅊ + ㅣ + ㄴ (ch+i+n) = 친 (chin)
ㄱ + ㅜ (g+u) = 구 (gu)
친 (chin) + 구 (gu) = 친구 (chingu) = 朋友

每個音節中都有：
1. *開始的子音
2. *中間的母音
3. 選擇性的最後子音（尾音）

*為必備音節。每個字至少要包含兩個字母：1個子音、1個母音。

最常見的韓文字組合為水平和垂直組合（這裡的框僅用來說明）。

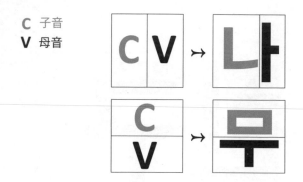

C 子音
V 母音

加上最後的子音（받침尾音），即為：

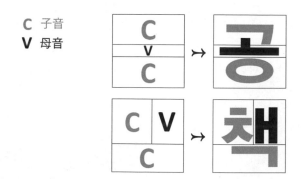

C 子音
V 母音

也有同時具備兩個最後的子音（尾音）的情況，如：

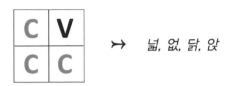

 넓, 없, 닭, 앉

*在所有的音節區塊中，字母都會有壓縮或伸長的狀況，讓大小和其他字母相同。

母音

韓文字的原則是「至少具備兩個字母」，一個字母是子音，另一個字母為母音。那麼，當母音要單獨書寫時，該怎麼辦？其實只要在母音前方加上子音「ㅇ [ng]」就可以了。念發音時，如果要念「아」，「ㅇ」不用發音，只要念「ㅏ」就可以了。

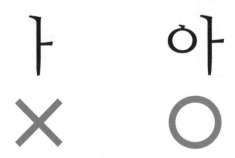

*母音在任何情況中都不能單純存在。

2. 數字

0	영 / 공	yuhng / gong		26	이십육	ee-sheem-nyouk
1	일	eel		27	이십칠	ee-sheep-cheel
2	이	ee		28	이십팔	ee-sheep-pahl
3	삼	sahm		29	이십구	ee-sheep-goo
4	사	sah		30	삼십	sahm-sheep
5	오	o		31	삼십일	sahm-shee-beel
6	육	youk		32	삽십이	sahm-shee-bee
7	칠	cheel		33	삼십삼	sahm-sheep-sahm
8	팔	pahl		34	삼십사	sahm-sheep-sah
9	구	goo		35	삼십오	sahm-shee-bo
10	십	sheep		36	삼십육	sahm-sheem-nyouk
11	십일	shee-beel		37	삼십칠	sahm-sheep-cheel
12	십이	shee-bee		38	삼십팔	sahm-sheep-pahl
13	십삼	sheep-sahm		39	삼십구	sahm-sheep-goo
14	십사	sheep-sah		40	사십	sah-sheep
15	십오	shee-bo		41	사십일	sah-shee-beel
16	십육	sheem-nyouk		42	사십이	sah-shee-bee
17	십칠	sheep-cheel		43	사십삼	sah-sheep-sahm
18	십팔	sheep-pahl		44	사십사	sah-sheep-sah
19	십구	sheep-goo		45	사십오	sah-shee-bo
20	이십	ee-sheep		46	사십육	sah-sheem-nyouk
21	이십일	ee-shee-beel		47	사십칠	sah-sheep-cheel
22	이십이	ee-shee-bee		48	사십팔	sah-sheep-pahl
23	이십삼	ee-sheep-sahm		49	사십구	sah-sheep-goo
24	이십사	ee-sheep-sah		50	오십	o-sheep
25	이십오	ee-shee-bo				

51	오십일	o-shee-beel	77	칠십칠	cheel-sheep-cheel
52	오십이	o-shee-bee	78	칠십팔	cheel-sheep-pahl
53	오십삼	o-sheep-sahm	79	칠십구	cheel-sheep-goo
54	오십사	o-sheep-sah	80	팔십	pahl-sheep
55	오십오	o-shee-bo	81	팔십일	pahl-shee-beel
56	오십육	o-sheem-nyouk	82	팔십이	pahl-shee-bee
57	오십칠	o-sheep-cheel	83	팔십삼	pahl-sheep-sahm
58	오십팔	o-sheep-pahl	84	팔십사	pahl-sheep-sah
59	오십구	o-sheep-goo	85	팔십오	pahl-shee-bo
60	육십	youk-sheep	86	팔십육	pahl-sheem-nyouk
61	육십일	youk-shee-beel	87	팔십칠	pahl-sheep-cheel
62	육십이	youk-shee-bee	88	팔십팔	pahl-sheep-pahl
63	육십삼	youk-sheep-sahm	89	팔십구	pahl-sheep-goo
64	육십사	youk-sheep-sah	90	구십	goo-sheep
65	육십오	youk-shee-bo	91	구십일	goo-shee-beel
66	육십육	youk-sheem-nyouk	92	구십이	goo-shee-bee
67	육십칠	youk-sheep-cheel	93	구십삼	goo-sheep-sahm
68	육십팔	youk-sheep-pahl	94	구십사	goo-sheep-sah
69	육십구	youk-sheep-goo	95	구십오	goo-shee-bo
70	칠십	cheel-sheep	96	구십육	goo-sheem-nyouk
71	칠십일	cheel-shee-beel	97	구십칠	goo-sheep-cheel
72	칠십이	cheel-shee-bee	98	구십팔	goo-sheep-pahl
73	칠십삼	cheel-sheep-sahm	99	구십구	goo-sheep-goo
74	칠십사	cheel-sheep-sah	100	백	behk
75	칠십오	cheel-shee-bo	1000	천	chawn
76	칠십육	cheel-sheem-nyouk			

如果你會數到10，你就可以組合出11以上的數字。

12 = 10 + 2 = 십 + 이
= 십이 shee-bee

333 = 3 x 100 + 3 x 10 + 3 = 삼 x 백 + 삼 x 십 + 삼
= 삼백삼십삼 sahm-behk-sahm-sheep-sahm

4977 = 4 x 1000 + 9 x 100 + 7 x 10 + 7 = 사 x 천 + 구 x 백 + 칠 x 십 + 칠
= 사천구백칠십칠 sah-chawn-goo-behk-cheel-sheep-cheel

月份

1 月	1월	ee-rwol	7 月	7월	chee-rwol
2 月	2월	ee-wol	8 月	8월	pah-rwol
3 月	3월	sah-mwol	9 月	9월	goo-wol
4 月	4월	sah-wol	10 月	10월	shee-wol
5 月	5월	o-wol	11 月	11월	shee-bee-rwol
6 月	6월	you-wol	12 月	12월	shee-bee-wol

日期

日	일	讀音	日	일	讀音
1 日	1일	ee-reel	17 日	17일	sheep-chee-reel
2 日	2일	ee-eel	18 日	18일	sheep-pah-reel
3 日	3일	sah-meel	19 日	19일	sheep-goo-eel
4 日	4일	sah-eel	20 日	20일	ee-shee-beel
5 日	5일	o-eel	21 日	21일	ee-shee-bee-reel
6 日	6일	you-geel	22 日	22일	ee-shee-bee-eel
7 日	7일	chee-reel	23 日	23일	ee-sheep-sah-meel
8 日	8일	pah-reel	24 日	24일	ee-sheep-sah-eel
9 日	9일	goo-eel	25 日	25일	ee-shee-bo-eel
10 日	10일	shee-beel	26 日	26일	ee-sheem-nyou-geel
11 日	11일	shee-bee-reel	27 日	27일	ee-sheep-chee-reel
12 日	12일	shee-bee-eel	28 日	28일	ee-sheep-pah-reel
13 日	13일	sheep-sah-meel	29 日	29일	ee-sheep-goo-eel
14 日	14일	sheep-sah-eel	30 日	30일	sahm-shee-beel
15 日	15일	shee-bo-eel	31 日	31일	sahm-shee-bee-reel
16 日	16일	sheem-nyou-geel			

時間－小時

1 點	한 시	hahn shee
2 點	두 시	doo shee
3 點	세 시	seh shee
4 點	네 시	neh shee
5 點	다섯 시	dah-sawt shee
6 點	여섯 시	yuh-sawt shee
7 點	일곱 시	eel-gop shee
8 點	여덟 시	yuh-dawl shee
9 點	아홉 시	ah-hop shee
10 點	열 시	yuhl shee
11 點	열한 시	yuh-rahn shee
12 點	열두 시	yuhl-doo shee

時間－分

1 分	일 분	eel boon	16 分	십육 분	sheem-nyouk bboon
2 分	이 분	ee boon	17 分	십칠 분	sheep-cheel boon
3 分	삼 분	sahm boon	18 分	십팔 분	sheep-pahl boon
4 分	사 분	sah boon	19 分	십구 분	sheep-goo boon
5 分	오 분	o boon	20 分	이십 분	ee-sheep bboon
6 分	육 분	youk bhoon	21 分	이십일 분	ee-shee-beel boon
7 分	칠 분	cheel boon	22 分	이십이 분	ee-shee-bee boon
8 分	팔 분	pahl boon	23 分	이십삼 분	ee-sheep-sahm boon
9 分	구 분	goo boon	24 分	이십사 분	ee-sheep-sah boon
10 分	십 분	sheep bboon	25 分	이십오 분	ee-shee-bo boon
11 分	십일 분	shee-beel boon	26 分	이십육 분	ee-sheem-nyouk boon
12 分	십이 분	shee-bee boon	27 分	이십칠 분	ee-sheep-cheel boon
13 分	십삼 분	sheep-sahm boon	28 分	이십팔 분	ee-sheep-pahl boon
14 分	십사 분	sheep-sah boon	29 分	이십구 분	ee-sheep-goo boon
15 分	십오 분	shee-bo boon	30 分	삼십 분	sahm-sheep bboon

31 分	삼십일 분	sahm-shee-beel boon	46 分	사십육 분	sah-sheem-nyouk boon
32 分	삼십이 분	sahm-shee-bee boon	47 分	사십칠 분	sah-sheep-cheel boon
33 分	삼십삼 분	sahm-sheep-sahm boon	48 分	사십팔 분	sah-sheep-pahl boon
34 分	삼십사 분	sahm-sheep-sah boon	49 分	사십구 분	sah-sheep-goo boon
35 分	삼십오 분	sahm-shee-bo boon	50 分	오십 분	o-sheep bboon
36 分	삼십육 분	sahm-sheem-nyouk boon	51 分	오십일 분	o-shee-beel boon
37 分	삼십칠 분	sahm-sheep-cheel boon	52 分	오십이 분	o-shee-bee boon
38 分	삼십팔 분	sahm-sheep-pahl boon	53 分	오십삼 분	o-sheep-sahm boon
39 分	삼십구 분	sahm-sheep-goo boon	54 分	오십사 분	o-sheep-sah boon
40 分	사십 분	sah-sheep bboon	55 分	오십오 분	o-shee-bo boon
41 分	사십일 분	sah-shee-beel boon	56 分	오십육 분	o-sheem-nyouk boon
42 分	사십이 분	sah-shee-bee boon	57 分	오십칠 분	o-sheep-cheel boon
43 分	사십삼 분	sah-sheep-sahm boon	58 分	오십팔 분	o-sheep-pahl boon
44 分	사십사 분	sah-sheep-sah boon	59 分	오십구 분	o-sheep-goo boon
45 分	사십오 분	sah-shee-bo boon	60 分	육십 분	youk-sheep bboon

樓層

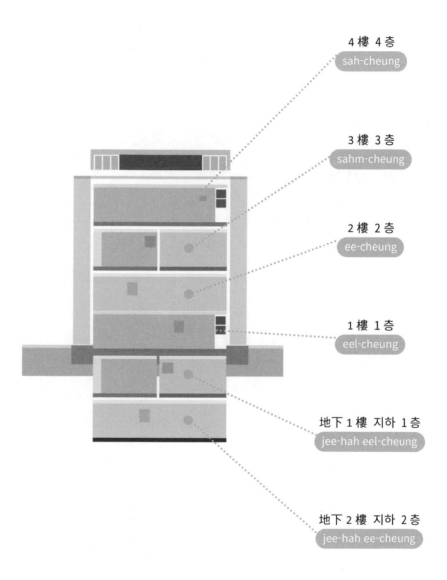

4 樓 4 층
sah-cheung

3 樓 3 층
sahm-cheung

2 樓 2 층
ee-cheung

1 樓 1 층
eel-cheung

地下 1 樓 지하 1 층
jee-hah eel-cheung

地下 2 樓 지하 2 층
jee-hah ee-cheung

計算

個：개

1 個	한 개	hahn geh	6 個	여섯 개	yuh-sawt ggeh
2 個	두 개	doo geh	7 個	일곱 개	eel-gop ggeh
3 個	세 개	seh geh	8 個	여덟 개	yuh-dawl ggeh
4 個	네 개	neh geh	9 個	아홉 개	ah-hop ggeh
5 個	다섯 개	dah-sawt ggeh	10 個	열 개	yul ggeh

人：명

1 人	한 명	hahn myuhng	6 人	여섯 명	yuh-sawn myuhng
2 人	두 명	doo myuhng	7 人	일곱 명	eel-gom myuhng
3 人	세 명	seh myuhng	8 人	여덟 명	yuh-dawl myuhng
4 人	네 명	neh myuhng	9 人	아홉 명	ah-hom myuhng
5 人	다섯 명	dah-sawn myuhng	10 人	열 명	yul myuhng

人份：인분

1 人份	1인분	ee-reen-boon	6 人份	6인분	you-geen-boon
2 人份	2인분	ee-een-boon	7 人份	7인분	chee-reen-boon
3 人份	3인분	sa-meen-boon	8 人份	8인분	pah-reen-boon
4 人份	4인분	sah-een-boon	9 人份	9인분	goo-een-boon
5 人份	5인분	o-een-boon	10 人份	10인분	shee-been-boon

張：장

1 張	한 장	hahn jahng	6 張	여섯 장	yuh-sawt jjahng
2 張	두 장	doo jahng	7 張	일곱 장	eel-gop jjahng
3 張	세 장	seh jahng	8 張	여덟 장	yuh-dawl jjahng
4 張	네 장	neh jahng	9 張	아홉 장	ah-hop jjahng
5 張	다섯 장	dah-sawt jjahng	10 張	열 장	yul jjahng

韓國貨幣　원

硬幣

10元	50元	100元	500元
10원 / 십 원	50원 / 오십 원	100원 / 백 원	500원 / 오백 원
sheeb won	o-sheeb won	beg won	o-beg won

紙鈔

1,000元
1,000원 / 천 원
chawn won

5,000元
5,000원 / 오천 원
o-chawn won

10,000元
10,000원 / 만 원
mahn won

50,000元
50,000원 / 오만 원
o-mahn won

3. 方向

這邊
이쪽
ee-jjok

那邊
저쪽
jaw-jjok

那邊（你那邊）
그쪽
geu-jjok

左邊
왼쪽
wehn-jjok

右邊
오른쪽
o-reun-jjok

北邊
북쪽
book-jjok

西邊
서쪽
saw-jjok

東邊
동쪽
dong-jjok

南邊
남쪽
nahm-jjok

左轉
좌회전
jwah-hweh-jawn

直走
직진
jeek-jjeen

右轉
우회전
woo-hweh-jawn

4. 地鐵站名稱

接下來為首爾／京畿道地鐵的路線，由北到南排列下來。你可以參考以下各站的拼音，並在各站名稱後方加上역[yuhk]（「站」的意思），即可說出你想前往的地鐵站名稱。

首爾／京畿道地鐵十分便利，但對第一次搭乘的人來說可能會有些困難。建議大家手機裡可以下載首爾地鐵的app，輸入出發站與到達站後，它就會推薦最短的路線給你。若身上沒有手機，可以到服務台、飯店、民宿或機場索取地鐵路線圖。

另外搭乘時要特別注意下一站與最終站的站名，以確保你沒有搭錯線。搭乘時，該班地鐵的廣播會說「最終站名稱 」，舉例來說，如果你從首爾站搭上4號線「往烏耳島方向」（오이도행），那這班地鐵的終點站就會到烏耳島（也就是4號線的終點站），但如果你是搭到4號線「往舍堂方向」（사당행），地鐵就會在舍堂站停下，若你想繼續搭4號線，就必須下車並在月台等候下班地鐵。

1 號線
1호선 ee-ro-sawn

逍遙山	東豆川	保山	東豆川中央	紙杏	德亭
소요산	동두천	보산	동두천중앙	지행	덕정
so-yo-sahn	dong-doo-chawn	bo-sahn	dong-doo-chawn-joong-ahng	jee-hehng	dawk-jjawng

德溪	楊州	綠楊	佳陵	議政府	回龍
덕계	양주	녹양	가능	의정부	회룡
dawk-ggyeh	yahng-joo	no-gyahng	gah-neung	eu-jawng-boo	hweh-ryong

望月寺	道峰山	道峰	放鶴	倉洞	鹿川
망월사	도봉산	도봉	방학	창동	녹천
mahng-wol-ssah	do-bong-sahn	do-bong	bahng-hahk	chahng-dong	nok-chawn

月溪	光雲大學	石溪	新里門	韓國外國語大學	回基
월계	광운대	석계	신이문	외대앞	회기
wol-gyeh	gwahng-woon-deh	sawk-ggyeh	shee-nee-moon	weh-deh-ahp	hweh-gee

清涼里	祭基洞	新設洞	東廟	東大門	鍾路5街
청량리	제기동	신설동	동묘앞	동대문	종로5가
chawng-nyahng-nee	jeh-gee-dong	sheen-sawl-dong	dong-myo-ahp	dong-deh-moon	jong-no-o-gah

鍾路3街	鐘閣	市廳	首爾站	南營	龍山
종로3가	종각	시청	서울역	남영	용산
jong-no-sahm-gah	jong-gahk	shee-chawng	saw-wool-lyuhk	nah-myuhng	yong-sahn

鷺梁津	大方	新吉	永登浦	新道林	九老
노량진	대방	신길	영등포	신도림	구로
no-ryahng-jeen	deh-bahng	sheen-geel	yuhng-deung-po	sheen-do-reem	goo-ro

🚈 1 號線　仁川方向
1호선　인천행　ee-ro-sawn een-chaw-nehng

九一	開峰	梧柳洞	溫水	驛谷	素砂
구일	개봉	오류동	온수	역곡	소사
goo-eel	geh-bong	o-ryou-dong	on-soo	yuhk-ggok	so-sah

富川	中洞	松內	富開	富平	白雲
부천	중동	송내	부개	부평	백운
boo-chawn	joong-dong	song-neh	boo-geh	boo-pyuhng	beh-goon

銅岩	間石	朱安	道禾	濟物浦	桃源
동암	간석	주안	도화	제물포	도원
dong-ahm	gahn-sawk	joo-ahn	do-hwah	jeh mool po	do won

東仁川	仁川
동인천	인천
dong-een-chawn	een-chawn

🚈 1 號線　光明方向
1호선　광명행
ee-ro-sawn gwahng-myuhng-hehng

光明
광명
gwahng-myuhng

🚈 1 號線　西東灘方向
1호선　서동탄행
ee-ro-sawn saw-dong-tah-nehng

西東灘
서동탄
saw-dong-tahn

🚈 1 號線 新昌方向
1호선 신창행 ee-ro-sawn sheen-chahng-hehng

加山數位園區	禿山	衿川區廳	石水	冠岳	安養
가산디지털단지	독산	금천구청	석수	관악	안양
gah-sahn-dee-jee-tawl-dahn-jee	dok-ssahn	geum-chawn-goo-chawng	sawk-soo	gwah-nahk	ah-nyahng

鳴鶴	衿井	軍浦	堂井	義王	成均館大學
명학	금정	군포	당정	의왕	성균관대
myuhng-hahk	geum-jawng	goon-po	dahng-jawng	eu-wahng	sawng-gyoun-gwahn-deh

華西	水原	細柳	餠店	洗馬	烏山大學
화서	수원	세류	병점	세마	오산대
hwah-saw	soo-won	seh-ryou	byuhng-jjawm	seh-mah	o-sahn-deh

烏山	振威	松炭	西井里	芝制	平澤
오산	진위	송탄	서정리	지제	평택
o-sahn	jee-nwee	song-tahn	saw-jawng-nee	jee-jeh	pyuhng-tehk

成歡	稷山	斗井	天安	鳳鳴
성환	직산	두정	천안	봉명
sawng-hwahn	jeek-ssahn	doo-jawng	chaw-nahn	bong-myuhng

雙龍（拿撒勒大學）	牙山	排芳	溫陽溫泉	新昌（順天鄉大學）
쌍용(나사렛대)	아산	배방	온양온천	신창(순천향대)
ssahng-yong(nah-sah-reht-ddeh)	ah-sahn	beh-bahng	o-nyahng-on-chawn	sheen-chahng(soon-chaw-nyahng-deh)

2 號線
2호선 ee-ho-sawn

新設洞	龍頭	新踏	龍踏	聖水	建大路口
신설동	용두	신답	용답	성수	건대입구
sheen-sawl-dong	yong-doo	sheen-dahp	yong-dahp	sawng-soo	gawn-day-eep-ggoo

九宜	江邊	蠶室渡口	蠶室	新川	綜合運動場
구의	강변	잠실나루	잠실	신천	종합운동장
goo-ee	gahng-byuhn	jahm-sheel-nah-roo	jahm-sheel	sheen-chawn	jong-hah-boon-dong-jahng

三成	宣陵	譯三	江南	首爾教育大學	瑞草
삼성	선릉	역삼	강남	교대	서초
sahm-sawng	sawl-leung	yuhk-ssahm	gahng-nahm	gyo-deh	saw-cho

方背	舍堂	落星垈	首爾大學	奉天	新林
방배	사당	낙성대	서울대입구	봉천	신림
bahng-beh	sah-dahng	nahk-ssawng-deh	saw-wool-day-eep-ggoo	bong-chawn	sheel-leem

新大方	九老數位園區	大林	新道林	文來	永登浦區廳
신대방	구로디지털단지	대림	신도림	문래	영등포구청
sheen-deh-bahng	goo-ro-dee-jee-tawl-dahn-jee	deh-reem	sheen-do-reem	mool-leh	yuhng-deung-po-goo-chawng

堂山	合井	弘益大學	新村	梨大	阿峴
당산	합정	홍대입구	신촌	이대	아현
dahng-sahn	hahp-jjawng	hong-day-eep-ggoo	sheen-chon	ee-deh	ah-hyuhn

忠正路
충정로
choong-jawng-no

市廳
시청
shee-chawng

乙支路入口
을지로입구
eul-jjee-ro-eep-ggoo

乙支路 3 街
을지로3가
eul-jjee-ro-sahm-gah

乙支路 4 街
을지로4가
eul-jjee-ro-sah-gah

東大門歷史文化公園
동대문역사문화공원
dong-deh-moon-yuhk-ssah-moo-nwah-gong-won

龍頭
신당
sheen-dahng

上往十里
상왕십리
sahng-wahng-sheem-nee

往十里
왕십리
wahng-sheem-nee

漢陽大學
한양대
hah-nyahng-deh

纛島
뚝섬
ddook-ssawm

2 號線　喜鵲山方向
2호선　까치산행 ee-ho-sawn gga-chee-sah-nehng

道林川
도림천
do-reem-chawn

陽川區廳
양천구청
yahng-chawn-goo-chawng

新亭十字路口
신정네거리
sheen-jawng-neh-gaw-ree

喜鵲山
까치산
ggah-chee-sahn

大化 대화 deh-hwah	注葉 주엽 joo-yuhp	鼎鉢山 정발산 jawng-bahl-ssahn	馬頭 마두 mah-doo	白石 백석 behk-ssawk

大谷 대곡 deh-gok	花井 화정 hwah-jawng	元堂 원당 won-dahng	元興 원흥 wo-neung	三松 삼송 sahm-song

紙杻 지축 jee-chook	舊把撥 구파발 goo-pah-bahl	延新川 연신내 yuhn-sheen-neh	佛光 불광 bool-gwahng	碌磻 녹번 nok-bbawn

弘濟 홍제 hong-jeh	毌岳嶺 무악재 moo-ahk-jjeh	獨立門 독립문 dong-neem-moon	景福宮 경복궁 gyuhng-bok-ggoong	安國 안국 ahn-gook

鍾路3街 종로3가 jong-no-sahm-gah	乙支路3街 을지로3가 eul-jjee-ro-sahm-gah	忠武路 충무로 choong-moo-ro	東國大學 동대입구 dong-day-eep-ggoo	藥水 약수 yahk-ssoo

金湖 금호 geu-mo	玉水 옥수 ok-ssoo	狎鷗亭 압구정 ahp-ggoo-jawng	新沙 신사 sheen-sah	蠶院 잠원 jah-mwon

高速巴士客運站 고속터미널 go-sok-taw-mee-nawl	首爾教育大學 교대 gyo-deh	南部客運站 남부터미널 nahm-boo-taw-mee-nawl	良才 양재 yahng-jeh	梅峰 매봉 meh-bong

道谷	大峙	鶴灘	大廳	逸院
도곡	대치	학여울	대청	일원
do-gok	deh-chee	hahng-nyuh-wool	deh-chawng	ee-rwon

水西	可樂市場	警察醫院	梧琴
수서	가락시장	경찰병원	오금
soo-saw	gah-rahk-shee-jahng	gyuhng-chahl-byuhng-won	o-geum

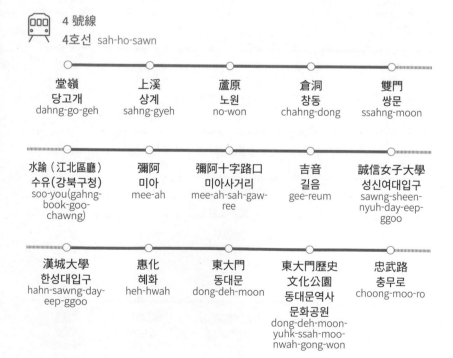

4 號線
4호선 sah-ho-sawn

堂嶺	上溪	蘆原	倉洞	雙門
당고개	상계	노원	창동	쌍문
dahng-go-geh	sahng-gyeh	no-won	chahng-dong	ssahng-moon

水踰（江北區廳）	彌阿	彌阿十字路口	吉音	誠信女子大學
수유(강북구청)	미아	미아사거리	길음	성신여대입구
soo-you(gahng-book-goo-chawng)	mee-ah	mee-ah-sah-gaw-ree	gee-reum	sawng-sheen-nyuh-day-eep-ggoo

漢城大學	惠化	東大門	東大門歷史文化公園	忠武路
한성대입구	혜화	동대문	동대문역사문화공원	충무로
hahn-sawng-day-eep-ggoo	heh-hwah	dong-deh-moon	dong-deh-moon-yuhk-ssah-moo-nwah-gong-won	choong-moo-ro

明洞
명동
myuhng-dong

會賢
회현
hweh-hyuhn

首爾站
서울역
saw-wool-lyuhk

淑明女子大學
숙대입구
sook-day-eep-ggoo

三角地
삼각지
sahm-gahk-jjee

新龍山
신용산
shee-nyong-sahn

二村
이촌
ee-chon

銅雀
동작
dong-jahk

總神大學（梨水）
총신대입구(이수)
chong-sheen-day-eep ggoo
(ee-soo)

舍堂
사당
sah-dahng

南泰嶺
남태령
nahm teh lyuhng

立岩
선바위
sawn-bah-wee

賽馬公園
경마공원
gyuhng-mah-gong-won

首爾大公園
대공원
deh-gong-won

果川
과천
gwah-chawn

政府果川廳舍
정부과천청사
jawng-boo-gwah-chawn-chawng-sah

仁德院
인덕원
een-daw-gwon

坪村
평촌
pyuhng-chon

凡溪
범계
bawm-gyeh

衿井
금정
geum-jawng

山本
산본
sahn-bon

修理山
수리산
soo-ree-sahn

大夜味
대야미
deh-yah-mee

半月
반월
bah-nwol

常綠樹
상록수
sahng-nok-soo

漢陽大學
한대앞
hahn-deh-ahp

中央
중앙
joong-ahng

谷棧
고잔
go-jahn

草芝
초지
cho-jee

鞍山
안산
ahn-sahn

新吉溫泉
신길온천
sheen-gee-ron-chawn

正往
정왕
jawng-wahng

烏耳島
오이도
o-ee-do

5 號線
5호선 o-ho-sawn

傍花
방화
bahng-hwah

開花山
개화산
geh-hwah-sahn

金浦機場
김포공항
geem-po-gong-hahng

松亭
송정
song-jawng

麻谷
마곡
mah-gok

鉢山
발산
bahl-ssahn

雨裝山
우장산
woo-jahng-sahn

禾谷
화곡
hwah-gok

喜鵲山
까치산
ggah-chee-sahn

新亭
신정
sheen-jawng

木洞
목동
mok-ddong

梧木橋
오목교
o-mok-ggyo

楊坪
양평
yahng-pyuhng

永登浦區廳
영등포구청
yuhng-deung-po-goo-chawng

永登浦市場
영등포시장
yuhng-deung-po-shee-jahng

新吉
신길
sheen-geel

汝矣島
여의도
yuh-ee-do

汝矣島渡口
여의나루
yuh-ee-nah-roo

麻浦
마포
mah-po

孔德
공덕
gong-dawk

兒嶺
애오개
eh-o-geh

忠正路
충정로
choong-jawng-no

西大門
서대문
saw-deh-moon

光化門
광화문
gwahng-hwah-moon

鍾路3街
종로3가
jong-no-sahm-gah

乙支路4街
을지로4가
eul-jjee-ro-sah-gah

東大門歷史文化公園
동대문역사문화공원
dong-deh-moon-yuhk-ssah-moo-nwah-gong-won

青丘
청구
chawng-goo

新金湖
신금호
sheen-geu-mo

杏堂
행당
hehng-dahng

往十里
왕십리
wahng-sheem-nee

馬場
마장
mah-jahng

踏十里
답십리
dahp-sheem-nee

長漢坪
장한평
jahng-hahn-pyuhng

君子
군자
goon-jah

峨嵯山
아차산
ah-chah-sahn

廣渡口
광나루
gwahng-nah-roo

千戸
천호
chaw-no

江東
강동
gahng-dong

🚇 5 號線　上一洞方向／河南黔丹山方向
5호선 상일동행／하남검단산행
o-ho-sawn sahng-eel-ddong-hehng/ha-nam-geom-dan-san-hehng

吉洞　　　曲橋　　　明逸　　　高德　　　上一洞
길동　　　굽은다리　　명일　　　고덕　　　상일동
geel-ddong　goo-beun-dah-ree　myuhng-eel　go-dawk　sahng-eel-ddong

江一　　　渼沙　　　河南豐山　　河南市廳　　河南黔丹山
강일　　　미사　　　하남풍산　　하남시청　　하남검단산
gang-il　　mi-sa　　ha-nam-pung-san　ha-nam-si-cheong　ha-nam-geom-dan-san

🚇 5 號線　馬川方向
5호선 마천행
o-ho-sawn mah-chaw-nehng

遁村洞　　　　奧林匹克公園　　　芳荑　　　梧琴
둔촌동　　　　올림픽공원　　　방이　　　오금
doon-chon-dong　ol-leem-peek-gong-won　bahng-ee　o-geum

開龍　　　巨餘　　　馬川
개롱　　　거여　　　마천
geh-rong　gaw-yuh　mah-chawn

6 號線
6호선 you-ko-sawn

譯村
역촌
yuhk-chon

佛光
불광
bool-gwahng

甕岩
독바위
dok-bbah-wee

延新川
연신내
yuhn-sheen-neh

龜山
구산
goo-sahn

鷹岩
응암
eung-ahm

賽折
새절
seh-jawl

繒山
증산
jeung-sahn

數碼媒體城
디지털미디어시티
dee-jee-tawl-mee-dee-
aw-see-tee

世界盃體育場
월드컵경기장
wol-deu-kawp-gyuhng-gee-jahng

麻浦區廳
마포구청
mah-po-goo-
chawng

望遠
망원
mahng-won

合井
합정
hahp-jjawng

上水
상수
sahng-soo

廣興倉
광흥창
gwahng-heung-chahng

大興
대흥
deh-heung

孔德
공덕
gong-dawk

孝昌公園
효창공원앞
hyo-chahng-gong-wo-nahp

三角地
삼각지
sahm-gahk-jjee

綠沙坪（龍山區廳）
녹사평(용산구청)
nok-ssah-pyuhng
(yong-sahn-goo-chawng)

梨泰院
이태원
ee-teh-won

漢江鎮
한강진
hahn-gahng-jeen

波提嶺
버티고개
baw-tee-go-geh

藥水
약수
yahk-soo

青丘
청구
chawng-goo

新堂
신당
sheen-dahng

東廟
동묘앞
dong-myo-ahp

昌信
창신
chahng-sheen

普門
보문
bo-moon

安岩
안암
ah-nahm

高麗大學　月谷　上月谷　石串　石溪
고려대　월곡　상월곡　돌곶이　석계
go-ryuh-deh　wol-gok　sahng-wol-gok　dol-go-jee　sawk-ggyeh

泰陵　花廊台　峰火山（首爾醫療院）　新內
태릉입구　화랑대　봉화산(서울의료원)　신내
teh-reung-eep-ggoo　hwah-rahng-deh　bong-hwah-sahn (saw-woo-reu-ryo-won)　sin-nae

7 號線
7호선 chee-ro-sawn

長岩　道峰山　水落山　馬得　蘆原
장암　도봉산　수락산　마들　노원
jahng-ahm　do-bong-sahn　soo-rahk-ssahn　mah-deul　no-won

中溪　下溪　孔陵　泰陵　墨谷
중계　하계　공릉　태릉입구　먹골
joong-gyeh　hah-gyeh　gong-neung　teh-reung-eep-ggoo　mawk-ggol

中和　上鳳　面牧　四佳亭　龍馬山
중화　상봉　면목　사가정　용마산
joong-hwah　sahng-bong　myuhn-mok　sah-gah-jawng　yong-mah-sahn

中谷　君子　兒童大公園　建國大學　纛島遊園地
중곡　군자　어린이대공원　건대입구　뚝섬유원지
joong-gok　goon-jah　aw-ree-nee-deh-gong-won　gawn-day-eep-ggoo　ddook-ssawm-you-won-jee

清潭	江南區廳	鶴洞	論峴	盤浦
청담	강남구청	학동	논현	반포
chawng-dahm	gahng-nahm-goo-chawng	hahk-ddong	no-nyuhn	bahn-po

高速巴士客運站	內方	總神大學（梨水）	南城	崇實大學
고속터미널	내방	총신대입구(이수)	남성	숭실대입구
go-sok-taw-mee-nawl	neh-bahng	chong-sheen-day-eep-ggoo(ee-soo)	nahm-sawng	soong-sheel-day-eep-ggoo

上道	長丞拜基	新大方丁字路口	波拉美	新豐
상도	장승배기	신대방삼거리	보라매	신풍
sahng-do	jahng-seung-beh-gee	sheen-deh-bahng-sahm-gaw-ree	bo-rah-meh	sheen-poong

大林	南九老	加山數位園區	鐵山
대림	남구로	가산디지털단지	철산
deh-reem	nahm-goo-ro	gah-sahn-dee-jee-tawl-dahn-jee	chawl-ssahn

光明十字路口	天旺	溫水	喜鵲屋
광명사거리	천왕	온수	까치울
gwahng-myuhng-sah-gaw-ree	chaw-nwahng	on-soo	ggah-chee-wool

富川綜合運動場	春衣	新中洞	富川市廳
부천종합운동장	춘의	신중동	부천시청
boo-chawn-jong-hah-boon-dong-jahng	choo-nee	sheen-joong-dong	boo-chawn-shee-chawng

上洞	三山體育館	掘浦川	富平區廳
상동	삼산체육관	굴포천	부평구청
sahng-dong	sahm-sahn-cheh-youk-ggwahn	gool-po-chawn	boo-pyuhng-goo-chawng

8 號線
8호선 pah-ro-sawn

岩寺	千戶	江東區廳	夢村土城
암사	천호	강동구청	몽촌토성
ahm-sah	chaw-no	gahng-dong-goo-chawng	mong-chon-to-sawng

蠶室	石村	松坡	可樂市場
잠실	석촌	송파	가락시장
jahm-sheel	sawk-chon	song-pah	gah-rahk-shee-jahng

文井	長旨	福井	山城
문정	장지	복정	산성
moon-jawng	jahng-jee	bok-jjawng	sahn-sawng

南漢山城	丹岱五岔路口	新興
남한산성입구	단대오거리	신흥
nah-mahn-sahn-sawng-eep-ggoo	dahn-deh-o-gaw-ree	shee-neung

壽進	牡丹
수진	모란
soo-jeen	mo-rahn

9 號線
9호선 goo-ho-sawn

開花	金浦機場	空港市場	新傍花	麻谷渡口
개화	김포공항	공항시장	신방화	마곡나루
geh-hwah	geem-po-gong-hahng	gong-hahng-shee-jahng	sheen-bahng-hwah	mah-gong-nah-roo

陽川鄉校	加陽	曾米	登村	鹽倉
양천향교	가양	증미	등촌	염창
yahng-chaw-nyahng-gyo	gah-yahng	jeung-mee	deung-chon	yuhm-chahng

新木洞	仙遊島	堂山	國會議事堂	汝矣島
신목동	선유도	당산	국회의사당	여의도
sheen-mok-ddong	saw-nyou-do	dahng-sahn	goo-kweh-eu-sah-dahng	yuh-ee-do

賽江	鷺梁津	鷺得	黑石	銅雀
샛강	노량진	노들	흑석	동작
seht-ggahng	no-ryahng-jeen	no-deul	heuk-ssawk	dong-jahk

舊盤浦	新盤浦	高速巴士客運站	砂平	新論峴
구반포	신반포	고속터미널	사평	신논현
goo-bahn-po	sheen-bahn-po	go-sok-taw-mee-nawl	sah-pyuhng	sheen-no-nyuhn

彥州	宣靖陵	三成中央	奉恩寺	綜合運動場
언주	선정릉	삼성중앙	봉은사	종합운동장
awn-joo	sawn-jawng-neung	sahm-sawng-joong-ahng	bong-eun-sah	jong-hah-boon-dong-jahng

三田	石村古墳	石村	松坡渡口	漢城百濟
삼전	식촌고분	식촌	송파나루	한성백제
sam-jeon	sig-chon-go-bun	sig-chon	song-pa-na-lu	han-seong-baeg-je

奧林匹克公園	遁村五輪	中央報勳醫院
올림픽공원	둔촌오륜	중앙보훈병원
ol-lim-pig-gong-won	dun-chon-o-lyun	jung-ang-bo-hun-byeong-won

仁川 1 號線
인천 1호선 een-chawn ee-ro-sawn

桂陽	橘峴	朴村	林鶴	桂山
계양	귤현	박촌	임학	계산
gyeh-yahng	gyou-ryuhn	bahk-chon	ee-mahk	gyeh-sahn

京仁教育大學	鵲田	葛山	富平區廳	富平市場
경인교대입구	작전	갈산	부평구청	부평시장
gyuhng-een-gyo-day-eep-ggoo	jahk-jjawn	gahl-ssahn	boo-pyuhng-goo-chawng	boo-pyuhng-shee-jahng

富平	東樹	富平三岔路口	間石五岔路口	仁川市廳
부평	동수	부평삼거리	간석오거리	인천시청
boo-pyuhng	dong-soo	boo-pyuhng-sahm-gaw-ree	gahn-saw go-gaw-ree	een-chawn-shee-chawng

藝術會館	仁川客運站	文鶴體育場	仙鶴	新延壽
예술회관	인천터미널	문학경기장	선학	신연수
yeh-soo-rweh-gwahn	een-chawn-taw-mee-nawl	moo-nahk-gyuhng-gee-jahng	saw-nahk	shee-nyuhn-soo

源仁齋	東春	東幕	大學城	科技公園
원인재	동춘	동막	캠퍼스타운	테크노파크
wo-neen-jeh	dong-choon	dong-mahk	kehm-paw-sseu-tah-woon	teh-keu-no-pah-keu

知識信息園區	仁川大學	中央公園	國際業務園區	松島月光慶典公園
지식정보단지	인천대입구	센트럴파크	국제업무지구	송도달빛축제공원
jee-sheek-jawng-bo-dahn-jee	een-chawn-day-eep-ggoo	ssehn-teu-rawl-pah-keu	gook-jjeh-awm-moo-jee-goo	song-do-dal-bich-chug-je-gong-won

仁川 2 號線
인천 2호선 een-chawn ee-ho-sawn

黔丹梧柳	旺吉	黔丹十字路口	麻田	完井
검단오류	왕길	검단사거리	마전	완정
gawm-dah-no-ryou	wahng-geel	gawm-dahn-sah-gaw-ree	mah-jawn	wahn-jawng

篤亭	黔岩	黔石	亞運會賽場
독정	검암	검바위	아시아드경기장
dok-jjawng	gaw-mahm	gawm-bah-wee	ah-shee-ah-deu-gyuhng-gee-jahng

西區廳	佳亭	佳亭中央市場	石南
서구청	가정	가정중앙시장	석남
saw-goo-chawng	gah-jawng	gah-jawng-joong-ahng-shee-jahng	sawg-nahm

西部女性會館	仁川佳佐	蝲蛄溪	朱安國家産團
서부여성회관	인천가좌	가재울	주안국가산단
saw-boo-yuh-sawng-hweh-gwahn	een-chawn-gah-jwah	gah-jeh-wool	joo-ahn-gook-ggah-sahn-dahn

朱安	市民公園	石岩市場	仁川市廳	石泉十字路口
주안	시민공원	석바위시장	인천시청	석천사거리
joo-ahn	shee-meen-gong-won	sawk-bbah-wee-shee-jahng	een-chawn-shee-chawng	sawk-chawn-sah-gaw-ree

沙丘市場	萬壽	南洞區廳	仁川大公園	雲宴
모래내시장	만수	남동구청	인천대공원	운연
mo-reh-neh-shee-jahng	mahn-soo	nahm-dong-goo-chawng	een-chawn-deh-gong-won	woo-nyuhn

盆堂線
분당선 boon-dahng-sawn

清涼里
청량리
cheong-lyang-li

往十里
왕십리
wahng-sheem-nee

首爾林
서울숲
saw-wool-soop

狎鷗亭羅德奧
압구정로데오
ahp-ggoo-jawng-lo-deh-o

江南區廳
강남구청
gahng-nahm-goo-chawng

宣靖陵
선정릉
sawn-jawng-neung

宣陵
선릉
sawl-leung

漢堤
한티
hahn-tee

道谷
도곡
do-gok

九龍
구룡
goo-ryong

開浦洞
개포동
geh-po-dong

大母山入口
대모산입구
deh-mo-sah-neep-ggoo

水西
수서
soo-saw

福井
복정
bok-jjawng

嘉泉大學
가천대
gah-chawn-deh

太平
태평
teh-pyuhng

牡丹
모란
mo-rahn

野塔
야탑
yah-tahp

二梅
이매
ee-meh

書峴
서현
saw-hyuhn

藪內
수내
soo-neh

亭子
정자
jawng-jah

美金
미금
mee-geum

梧里
오리
o-ree

竹田
죽전
jook-jjawn

寶亭
보정
bo-jawng

駒城
구성
goo-sawng

新葛
신갈
sheen-gahl

器興
기흥
gee-heung

上葛
상갈
sahng-gahl

清明
청명
chawng-myuhng

靈通
영통
yuhng-tong

網浦
망포
mahng-po

梅灘勸善
매탄권선
meh-tahn-gwon-sawn

水源市廳
수원시청
soo-won-shee-chawng

梅橋
매교
meh-gyo

水原
수원
soo-won

新盆堂線
신분당선 sheen-boon-dahng-sawn

江南	良才	良才市民之林	清溪山
강남	양재	양재시민의숲	청계산입구
gahng-nahm	yahng-jeh	yahng-jeh-shee-mee-neu-soop	chawng-gyeh-sah-neep-ggoo

板橋	亭子	東川	水枝區廳
판교	정자	동천	수지구청
pahn-gyo	jawng-jah	dong-chawn	soo-jee-goo-chawng

星福	上峴	光教中央	光教
성복	상현	광교중앙	광교
sawng-bok	sahng-hyuhn	gwahng-gyo-joong-ahng	gwahng-gyo

京義 · 中央線
경의중앙선 gyuhng-ee-joong-ahng-sawn

汶山	坡州	月籠	金村	金陵
문산	파주	월롱	금촌	금릉
moon-sahn	pah-joo	wol-long	geum-chon	geum-neung

雲井	野塘	炭峴	一山	楓山
운정	야당	탄현	일산	풍산
woon-jawng	yah-dahng	tah-nyuhn	eel-ssahn	poong-sahn

白馬	谷山	大谷	陵谷	幸信
백마	곡산	대곡	능곡	행신
behng-mah	gok-ssahn	deh-gok	neung-gok	hehng-sheen

江梅	花田	水色	數碼媒體城
강매	화전	수색	디지털미디어시티
gahng-meh	hwah-jawn	soo-sehk	dee-jee-tawl-mee-dee-aw-see-tee

加佐	弘益大學		西江大	孔德
가좌	홍대입구		서강대	공덕
gah-jwah	hong-day-eep-ggoo		saw-gahng-deh	gong-dawk

孝昌公園		龍山	二村	西冰庫
효창공원앞		용산	이촌	서빙고
hyo-chahng-gong-wo-nahp		yong-sahn	ee-chon	saw-beeng-go

漢南	玉水	鷹峰	往十里	清涼里
한남	옥수	응봉	왕십리	청량리
hahn-nahm	ok-ssoo	eung-bong	wahng-sheem-nee	chawng-nyahng-nee

回基	中浪	中和	忘憂	養源
회기	중랑	상봉	망우	양원
hweh-gee	joong-nahng	sahng-bong	mahng-woo	yahng-won

九里	陶農	養正	德沼	陶深
구리	도농	양정	덕소	도심
goo-ree	do-nong	yahng-jawng	dawk-sso	do-sheem

八堂	雲吉山	兩水	新院	菊秀
팔당	운길산	양수	신원	국수
pahl-ddahng	woon-geel-ssahn	yahng-soo	shee-nwon	gook-ssoo

我新	梧濱	楊平	元德	龍門	砥平
아신	오빈	양평	원덕	용문	지평
ah-sheen	o-been	yahng-pyuhng	won-dawk	yong-moon	ji-pyeong

京義・中央線 首爾站方向
경의중앙선 서울역행 gyuhng-ee-joong-ahng-sawn saw-wool-lyuh-kehng

新村（京義中央線）
신촌(경의중앙선)
sheen-chon(gyuhng-ee-joong-ahng-sawn)

首爾站
서울역
saw-wool-lyuhk

京春線
경춘선 gyuhng-choon-sawn

春川
춘천
choon-chawn

南春川
남춘천
nahm-choon-chawn

金裕貞
김유정
geem-nyou-jawng

江村
강촌
gahng-chon

白楊里
백양리
beh-gyahng-nee

屈峰山
굴봉산
gool-bong-sahn

加平
가평
gah-pyuhng

上泉
상천
sahng-chawn

清平
청평
chawng-pyuhng

大成里
대성리
deh-sawng-nee

磨石
마석
mah-sawk

天摩山
천마산
chawn-mah-sahn

坪內好坪
평내호평
pyuhng-neh-ho-pyuhng

金谷
금곡
geum-gok

思陵
사릉
sah-reung

退溪院
퇴계원
tweh-gyeh-won

別內
별내
byuhl-leh

葛梅
갈매
gahl-meh

新內
신내
sheen-neh

忘憂
망우
mahng-woo

上鳳
상봉
sahng-bong

中浪
중랑
joong-nahng

回基
회기
hweh-gee

清涼里
청량리
chawng-nyahng-nee

機場鐵路（AREX）
공항철도 gong-hahng-chawl-ddo

首爾站　　　　孔德　　　　　弘益大學　　　　數碼媒體城
서울역　　　　공덕　　　　　홍대입구　　　　디지털미디어시티
saw-wool-lyuhk　gong-dawk　hong-day-eep-ggoo　dee-jee-tawl-mee-
　　　　　　　　　　　　　　　　　　　　　　dee-aw-see-tee

金浦機場　　　桂陽　　　　　黔岩　　　　　　青羅國際城
김포공항　　　계양　　　　　검암　　　　　　청라국제도시
geem-po-gong-　gyeh-yahng　gaw-mahm　　　chawng-nah-gook-
hahng　　　　　　　　　　　　　　　　　　jjeh-do-shee

永宗　　　　　雲西　　　　　機場貨運　　　　仁川機場
영종　　　　　운서　　　　　공항화물청사　　인천국제공항
yuhng-jong　　woon-saw　　gong-hahng-hwah-　een-chawn-gook-
　　　　　　　　　　　　　mool chawng-sah　jjeh-gong-hahng

水仁線
수인선 soo-een-sawn

仁川　　　　新浦　　　　崇義　　　　人荷大學　　　松島
인천　　　　신포　　　　숭의　　　　인하대　　　　송도
een-chawn　sheen-po　soong-ee　ee-nah-deh　　song-do

延壽　　　　源仁齋　　　　南洞產業園區　　　　　　　虎口浦
연수　　　　원인재　　　　남동인더스파크　　　　　　호구포
yuhn-soo　wo-neen-jeh　nahm-dong-een-daw-seu-pah-keu　ho-goo-po

仁川論峴　　　蘇萊浦口　　　月串　　　　達月　　　　烏耳島
인천논현　　　소래포구　　　월곶　　　　달월　　　　오이도
een-chawn-no-　so-reh-po-goo　wol-got　　dah-rwol　　o-ee-do
nyuhn

關於韓語　　225

議政府電鐵
의정부경전철 eu-jawng-boo gyuhng-jawn-chawl

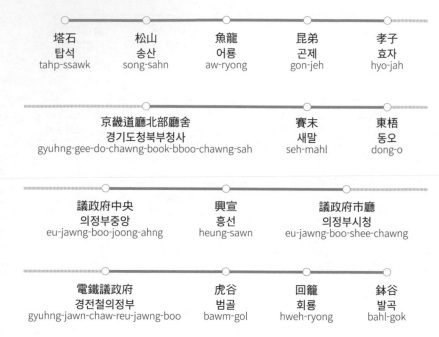

塔石
탑석
tahp-ssawk

松山
송산
song-sahn

魚龍
어룡
aw-ryong

昆弟
곤제
gon-jeh

孝子
효자
hyo-jah

京畿道廳北部廳舍
경기도청북부청사
gyuhng-gee-do-chawng-book-bboo-chawng-sah

賽末
새말
seh-mahl

東梧
동오
dong-o

議政府中央
의정부중앙
eu-jawng-boo-joong-ahng

興宣
흥선
heung-sawn

議政府市廳
의정부시청
eu-jawng-boo-shee-chawng

電鐵議政府
경전철의정부
gyuhng-jawn-chaw-reu-jawng-boo

虎谷
범골
bawm-gol

回籠
회룡
hweh-ryong

鉢谷
발곡
bahl-gok

愛寶線
에버라인선 eh-baw-lah-een-sawn

器興	江南大學	支石	御井	東栢
기흥	강남대	지석	어정	동백
gee-heung	gahng-nahm-deh	jee-sawk	aw-jawng	dong-behk

草堂	三街	市廳／龍仁大學	明知大學	金良場
초당	삼가	시청/용인대	명지대	김량장
cho-dahng	sahm-gah	shee-chawng/ yong-een-deh	myuhng-jee-deh	geem-nyahng- jahng

運動場／ 松潭大學	古陳	洑坪	屯田	前代／愛寶樂園
운동장/송담대	고진	보평	둔전	전대/에버랜드
woon-dong- jahng/song- dahm-deh	go-jeen	bo-pyuhng	doon-jawn	jawn-deh/eh- baw-lehn-deu

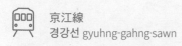

京江線
경강선 gyuhng-gahng-sawn

板橋	二梅	三洞	京畿廣州
판교	이매	삼동	경기광주
pahn-gyo	ee-meh	sahm-dong	gyuhng-gee-gwahng-joo

草月	昆池岩	新屯陶藝村	利川
초월	곤지암	신둔도예촌	이천
cho-wol	gon-jee-ahm	sheen-doon-do-yeh-chon	ee-chawn

夫鉢	世宗大王陵	驪州
부발	세종대왕릉	여주
boo-bahl	seh-jong-deh-wahng-neung	yuh-joo